MIRROR時代
心理寫真

心理學渣

目錄

推薦序——以心理學分析娛樂　黃仲遠

香港電台節目《捉心理》及《講東講西》主持
香港心理學會及工業及組織心理學部幹事
註冊工業及組織心理學家

心理學不難，難在分析及應用。

今時今日，有Google冇盲目，資訊及知識俯拾皆是，什麼心理學理論或實驗，從未試過遍尋不獲，所以，對心理學的理解，高下在於分析及應用。

故此，這本書難寫的地方，亦是它最值得看的地方，就是怎樣應用心理學來分析時下流行文化及娛樂。首先，作者要對時下流行文化熟悉，還要對鏡仔、鏡粉、鏡歌及ViuTV節目動向和新聞有敏鋭觸覺，更困難的，是從海量心理學理論揀選適當的，去解釋當中事情變化及過中人物心理狀態。大家可從這兩方面著手，看這本書的價值。

先看作者心理學渣在流行文化資料搜集的用心及苦心。不看內文，光看目錄，就知道心理學渣不但熟讀每件鏡粉事件的細節內容，也反覆看遍ViuTV的節目，聽盡鏡仔的每首歌曲，再反芻了相關情節和歌詞，才能令題材那麼廣泛，以一個非流行文化及娛樂研究者或業內人士而言，看得出作者心理學渣為完成這部作品可以去得多盡。同時，作為一位在職人士的他，在疫情肆虐及經濟低迷下，冒著被炒的風險，不可思議地，花時間親自上陣，真軍參與 ViuTV 電視節目，經歷第一身感受之餘，更藉此獲取知情人士的內幕消息，這種為搜集資料而不要命的精神，可看到心理學渣為完成這部作品的拼搏，也看得出他的腦細們和所任職公司有多寬宏大量及愛心爆棚，從而造就這本著作的誕生。總而言之，心理學渣在流行文化及娛樂方面的資料搜集，是「身陷險境」的深入，是「豁了出去」的豐富。

在應用心理學分析方面，可能大家都知，心理學渣其中一個身份，是一位香港註冊工業及組織心理學家，但可能為人不知的，是他另一個身份，其實是一名專業機構培訓顧問，每年過他手的培訓顧問項目上百個，受影響人士上千名。他幾乎每一天，每小時，每分鐘，每秒鐘，也在應用心理學，他手中的心理學並非紙上談兵，而是從每一刻的實戰經驗中鍛練回來。每當客戶機構或員工遇上問題，他都要靈活運用自己心理學的知識去分析及解決，久經沙場考驗下，因而橫練了一身心理學武功，在今次的著作上，終於可以大派用場，令分析那麼獨到精準。所以在心理分析方面，肯定有質素的保證。

心理學渣在這部著作上，運用了學渣的貼地心態，應用了學者的專業知識，成功創造了這部《MIRROR 時代心理寫真》，「正式開始」了他的寫作生涯，希望這第一部作品的銷情可以反「蝸牛」速度上升，而讀者可以「留一天與你喘息」，在書中跟學渣交流，讀後不僅不會「搞不懂」，還會有「Got U」的一種心領神會感覺……By the way，書中只分析陳仔一首歌曲，可能為其唯一敗筆，哈哈！

推薦序——獅子山精神　趙展彤

從小到大，每當我想起「香港人」就會想到「獅子山精神」。在我而言，獅子山精神就是堅持，努力不懈地去做好一件事！我自小就喜愛音樂，所以決定以獅子山精神追求我的音樂夢。對於香港樂壇的變化，我實在不懂，只知道要把每一件事做好就對了。感謝「心理學渣」以心理學角度為我們拆解當中奧妙之處，讓我們能夠具體了解，這些年來樂壇究竟發生什麼變化？為什麼有這樣的變化？讓我們在這本書中，找出答案。

前言　不要娛樂至死，才稱得上娛樂

「無悔今生經過 才稱得上娛樂」——陳蕾〈娛樂人生〉

娛樂，對你來說是什麼？

在赫胥黎的《美麗新世界》中，談及在未來世界中，人類不再需要思考，每一天只需要想如何娛樂至死就好；在尼爾・波茲曼的《娛樂至死》中，直言因應媒體的進步，令人變得愈來愈不需要思考，只需要娛樂就好。

或者，這幾年的社會，我們早已因為各種原因，只想投入到娛樂當中。在疫情和社會動蕩下，人們或者已經感到十分疲乏。下班放學後，不想再多動一點腦筋，只想把自己扎進熒光幕中。無他的，由YouTube、Netflix到Disney+，全世界的娛樂變得觸手可及，看官想要甚麼都應有盡有。精神也許還在這個城市，但眼睛卻已經飄出遠洋去了。

2021 年卻出現了一點變化。隨著叱吒樂壇中，一隊十二人的男子組合奪得一連串的獎項開始，香港人的焦點開始放回在本地的娛樂之中，大家上看到的應援廣告、小店貼滿對粉絲自製的海報。這一年，全香港都認識了他們的名字——MIRROR。

MIRROR 的出現，香港的娛樂事業又再一次受到眾人的注目。ViuTV 在一年內由虧轉盈，眾多實況娛樂節目（俗稱「真人 Show 」）如《ERROR 自肥企劃》、《賭命夫妻》、《最後一屆口罩小姐》都引來大大小小的討論，年尾的《全民造星 IV》收視高達 7.7 點，比賽後的女團出道直播更有高達七萬人關注，到底是哪幾位參賽者會組成香港新一代的「女團」。

當我們再次聚焦在娛樂時，有否想過到底是為甚麼？在享受著這一切的娛樂之時，除了快感外，我們又有否從中得到甚麼？社交平台、電視、音樂串流……我們 24 小時也跳進娛樂世界裡。《娛樂至死》一書中說到，因為資訊變得更碎片化，意念之間不再有關聯。在 YouTube 裡，頭幾十秒覺得不有趣、沒有「Bite」我們便跳至下一段；一個節目播畢就等待下一套預告；一首歌曲聽畢就隨機跳到下一首。然而，在這場碎片化的娛樂中，我們又有否理解到每一個「碎片」背後帶出的意義和思考？

娛樂碎片化、互聯網資訊泛濫，閱讀變得愈來愈少。2020 年香港出版學會全民的閱讀調查報告中指出，疫情前有超過三成受訪者沒有閱讀習慣，在擁有高等教育水平的香港著實偏低。在香港網路上，網民每每看到一篇長文都流行説一句「TLDR」，意思是「Too Long. Didn't Read.」，中文就是「太長了我沒有看」，反映文字作為傳播媒介，在吸引眼球上真的沒有網路媒體來得有力。

作為香港註冊心理學家及網路媒體創作者，心理學渣認為不同的媒體只是不同的載體。

書本不能像影片般透過聲畫表達意念，卻能從文字中引領我們思考。我們想透過此書，跟大家一窺當代「娛樂文化」的心理：從 MIRROR 現現象開始，了解粉絲追星的各種心態；從近年大熱的實況娛樂節目中，看透觀眾的心理；從幾首耳熟能詳的廣東歌中，找出歌詞背後的訊息。

如果你是「鏡粉」，我們希望你在欣賞偶像的同時，能透過本書了解自己的心態、行為，以及明白偶像的作品，除了娛樂以外的意義。如果你不是「鏡粉」，甚至，不喜歡流行文化，放心，這本書的主旨不是推你「入坑」，而是讓你看到「MIRROR 時代」，這個水面上的冰山一角，其下所蘊藏著的香港人深層心態。

最後，溫馨提示一下，本書並非學術研究，只以心理學和個人見解，分析時下現象及演藝作品。大家在閱讀過程中，也許會得出不同看法和見解。這正正是我們寫作背後的理念——希望讀者在娛樂的過程中反思。若大家有不同的想法，歡迎來到我們的 Instagram 或 YouTube 頻道，一起探討。

你，準備好，了解 MIRROR 時代下的香港人心理嗎？

1 鏡粉心理學

「咩話 下 佢哋個隊叫咩話？」——MC $oho & KidNey〈Black MIRROR〉

2021 年，香港男子偶像組合 MIRROR 紅透半邊天，在香港再次掀起一片「追星」熱潮。由每一天無限 Loop 偶像的歌曲，到自掏腰包為偶像在大型廣告牌上宣傳，再到私追，這一班「鏡粉」是怎樣鍊成的？在他們追星行為背後，又是帶著甚麼心態？

已經多少年沒有聽過香港有「追星」的景況，過去幾年會被留意的明星，大抵是韓國的偶像團體組合，如 TWICE、BLACKPINK、BTS 等等。但一說起香港有甚麼偶像組合，可能只會想起屬於本地出產的「MK POP」組合，有衝出香港的 As One、走性感路線的 Super Girls、惹起熱議的天堂鳥、FFx 等等。在當時掀起了一陣子的水花，但當中的迴響是屬於正面還是負面的，還真不好說。

但 2021 年一切都改變了，MIRROR 的出現，讓人再次對留意香港的娛樂圈。甚至乎隨著 MIRROR 的熱潮，香港陸陸續續出現更多的偶像團體，連《全民造星 IV》也是打著選女團的旗號舉辦。MIRROR 掀起的熱潮，可謂一時無兩。

要理解這個「熱潮」，先要想一個問題：為何他們十二人能突然俘虜香港人的心？

這就要由 2018 年的一個電視節目說起了。

2018 年由《造星》開始

「在座有邊位同我一樣，《全民造星》一開始的時候，只係諗住笑吓個一百個嚫仔？」——游學修《人到中年 口不擇言》ERROR 道歉招待會 2019。

2018 年暑假，本地電視台大型選秀節目《Good Night Show 全民造星》開播。99 位男生，透過一輪又一輪的跳舞、歌唱和才藝表演來競逐最優秀的「明星」。節目主要是以嘉賓為評判，加上觀眾投票，影響偶像在節目中的排名。次序高低可令選手直接出道或是淘汰。

依稀記得，節目初期網路上的聲音，對於參賽的男生，也是一片冷嘲熱諷。2018年11月3日在節目完結不久後，ViuTV便宣布以比賽中的12位參賽者組成男子偶像團體MIRROR，並馬上公布他們第一個演唱會，不過成軍三年，並沒引起社會上太多討論的熱度。即使在2019年叱吒樂壇，MIRROR〈Reflection〉和姜濤〈一號種籽〉得到「我最喜愛的歌曲大獎」，普羅大眾也大抵只記得RubberBand的〈未來見〉和方皓玟的〈人話〉。在翌年的《全民造星 II》，縱然MIRROR十二子加入到比賽當中，和一眾參加者一起參賽，節目最令人記得的一幕卻是決賽中Hugo和一眾已淘汰選手所唱的〈山下見〉。

2021年的「周圍都係」

直至2021年這一切產生了變化：2021年1月1日，MIRROR和成員在當屆叱吒樂壇流行榜頒獎典禮中橫掃多個獎項，不但獲得了「樂壇組合銅獎」，兩位成員Anson Lo跟Jer分別獲得生力軍銅獎和金獎，更令人觸目的，是MIRROR成員姜濤以21歲之齡成為「我最喜愛的男歌手」，更以〈蒙著嘴説愛你〉奪得「我最喜愛的歌曲大獎」。自此之後，「MIRROR」一名開始為人所熟知。

或許一開始你並不記得這十二人姓甚名誰，但在2021年伊始，他們似乎逐漸走進你的生活當中：你身邊總有幾個人自稱是「姜糖」、「柳柳粉」、或者某一個「鏡仔」成員的歌迷，當中囊括了不同的年齡層，由小孩到老人家都有；走到街上，你看到地鐵站、巴士站、電器都是他們代言的廣告。

一些小食店更是貼滿他們的海報，更有不少粉絲過來拿應援物；不僅如此，更加多的是他們支持者一擲千金的宣傳，電車、巴士，甚至是遊輪上都能見到他們的身影。

MIRROR這一年的活動亦引起了各種現象級的討論，演唱會《MIRROR ONE & ALL LIVE 2021》在二手拍賣網上罕有地「求票多過放票」；2022年紅館演唱會更有傳黃牛票被炒至四十萬元；2021年7月23日，MIRROR全員和兄弟團ERROR齊集屯門市廣場宣傳活動，引致大批粉絲在商場通宵等候逾三十小時；Facebook更出現名為「我老婆嫁左比MIRROR導致婚姻破裂關注組」的群組，一眾網友在上面互相分享自己的「鏡粉」伴侶追MIRROR的各種軼事，短時間內便突破三十萬人加入。

粉絲瘋狂追星，在香港不是甚麼新鮮事。無論是早在粵劇當紅時代的任白，到80年代的四大天王、張國榮、梅艷芳、譚詠麟，再到千禧年代的陳奕迅、楊千嬅、Twins，香港不時也有偶像掀起追星的浪潮。雖然跨越了四十多年，歌迷的行為普遍都是收集偶像相關產品，如海報、唱片、YES卡等等，或是在偶像出現的地方等待他們出現，追保姆車、接機、排隊握手等等都屬這一類。

不過，到了MIRROR身上，事情好像變得有點不一樣。除了熱烈地追蹤偶像、粉絲更會大灑金錢去為他們製作廣告和應援物，甚至乎推他們上各個排行榜，似乎鏡粉做的並不滿足於只是單向的見偶像一面，而且要大眾明白他們的心態。我們會先從「造星」的心理去了解，是甚麼令粉絲會如此著迷去「應援偶像」。之後我們會再剖析，偶像（尤其是MIRROR）是怎樣吸引一眾粉絲如此著迷去追星，甚至出現「私追」等行為。

看著這篇文章的你，也是一名「鏡粉」嗎？若是的話，希望你能夠從這裡了解多點自己的心理；若果你不是「鏡粉」的話，也希望你試著理解他們，到底在這一切看似「瘋狂」行為背後，是帶著甚麼心態。

1.1 造星心理學

走在銅鑼灣、還是尖沙咀，總能夠看到他們12子的廣告——說的不止是客戶的廣告（雖然光是姜濤接的已經不少），還有粉絲自製在巴士站、在商場外的廣告牌，甚至乎有貼滿海報和手幅的應援店，店內還有不少粉絲自製的應援物，如漫畫、公仔等等。在十二子的生日，街上總會找到不同的巨型廣告牌。而且這只是線下而已——打開Instagram，你會看到粉絲為他們製作的宣傳，看到一個又一個的粉絲應援專頁。鏡粉的宣傳手法可謂創意和誠意十足，即使只是粉絲自製的廣告，當中也不乏設計達到專業水準。「點解日日都見到佢地大頭咁滯？」因為宣傳的力量，不再是單一從官方出發，而是粉絲出錢、出心、出力的結果。

「鏡粉」對支持偶像的方式並不限於宣傳偶像。2022年2月14日，以Ian的新歌〈留一天與你喘息〉為例，在短短一個半月後，YouTube的收看次數就超越了一千萬。固然，這首歌的質素和Ian的唱功絕對有保證，但除此之外，Hellosss

（Ian 粉絲團的名稱）也絕對功不可沒。也許大家深明「YouTube 爸爸」會根據受歡迎程度去展示影片，不少粉絲也想為偶像出一分力，造就一個不俗的收看次數。除了最基本的「無限 Loop」之外，他們更會鑽研 YouTube 計 View 數背後的機制、瘋狂「Share」給身邊人、在家中店中播到其他人都聽到。粉絲在影片下的 Comments 和 Telegram 群組中會不停報數，務求令偶像的歌曲能上到一個前所未有的高度。「跑數」以外，更令人感歎的是粉絲會認真檢討 MIRROR 目前遇到的問題。其中一個好例子是 IG page「viu_pls_do_ur_job」，針對 Viu 對 MIRROR 各種管理問題提出批評，要求他們做得更好。不少的粉絲更會主動向鏡仔／花姐／mirror.weare 留言，提出自己對於 MIRROR 的改善建議。

這一類的行為統稱為「應援」。玩過任天堂 DS 的小夥伴應該對這一詞語並不陌生——應援一詞源自於日本校園為運動員加油的「應援團」，團員用吶喊助威和舞蹈一樣的動作，為偶像「応援（おうえん）」，即加油之意。這一詞被引申至韓國偶像粉絲群（俗稱「飯圈」），但粉絲對偶像的應援不限於在演出時歡呼，而是各出奇謀地為偶像加油，例如帶備食物慰勞偶像及工作人員、為每一次演出製作專屬的應援物、甚至送以大米做成的「米花籃」。鏡粉的種種行為，也能窺見其中的影子。與過往不同的「追星」情況不同，他們的行徑除了想親近偶像、想多見偶像一面以外，他們的行為更多了一種希望偶像好，想幫自己偶像更上一層樓的動機。到底是甚麼原因令他們有如此大的動力去「造星」？

或者，心理學上的動機理論（Motivation）能夠反映鏡粉們的行為。根據 Bem（1972）的自我知覺理論（Self-Perception Theory）[1]，我們的行為動機可以分為外在和內在，外在動機指我們的行為是為了某種結果而去做的，如自尊、物質擁有等等。最常見的外在動機，就是為了薪金去打工。而內在動機指的是我們對活動本身的興趣，參與的過程令我們樂在其中，所以即使過程沒有具體的獎賞，我們也依然會全程投入。

「追星」和「造星」行為不一樣的是，「追星」本身牽涉更多是見面，甚至接觸偶像的快感，倘若在「追星」過程中沒有見面的機會，絕對會令「追星」行為大打折扣，這種行為比較接近外在動機。至於「造星」，則是享受為偶像的目標出一分力的過程，即使過程中偶像沒有參與也沒有所謂。雖然粉絲行為當中必然同時有「追星」和「造星」的成份在，正如我們多麼喜愛自己的工作，也期待在月尾的收入。不過要說鏡粉之所以那麼「瘋狂」，主要是因為他們在「造星」過程當中，觸發了他們的內在動機。

你是「姜糖」還是「神徒」？「鏡粉」背後的身份認同

MIRROR 當中每一個粉絲團都被冠以專有名稱，姜濤的粉絲叫作「姜糖」、Anson Lo 的是「神徒」、Ian 的叫作「Hellosss」、Jeremy 的是「Unicorn」等等。除了專有名稱外，他們也有專屬自己偶像的應援顏色。這種源自於韓國飯圈（Fandom）的文化，因為 MIRROR 而為人所廣知，甚至使得香港其他明星粉絲也有類似名稱，例如 MC 張天賦的歌迷就叫做「賦二代」，甚至乎《全民造星 IV》參賽者未出道已經有粉絲團和相應的名稱。不難發現，歌迷們的行徑和球迷有不少類近之處，粉絲會著緊偶像的成敗猶如自己個人的成敗，當偶像成功時會欣喜若狂，會將之連繫到自己個人身上。這一種稱作 BIRGing（Basking in reflected glory）的心態，在鏡粉身上隨處可見。問題是，為何這種心態會出現在鏡粉身上？

這大概關係到大眾對偶像的社會認同（Social Identity）；人會在社會中，認識到自己所屬的社會群體，以此建立自己的身份[2]。就像我們居住、生於香港這個地方，就會把自己歸類為「香港人」。這和粉絲文化有甚麼關係？我們喜歡偶像，除了因為上述的吸引力之外，明星本身是否反映出我們理想中的自我（Ideal Self）也有關聯。自尊心低的人會喜歡上較像理想自我的偶像，並且從中滿足到自己對歸屬感的需求[3]。

MIRROR 和香港人的故事，或者可以反映出，他們是如何成為粉絲眼中的「理想自我」。

香港人在時代困局下的低自尊心

2021 年，經歷疫情和社會動蕩，社會的氣氛普遍都存在著一種無力感。人們好像都想做點甚麼，卻礙於環境桎梏沒能做到甚麼。不少想脫離困境的香港人都選擇移民，似乎留在這片土地也沒有甚麼希望。

恰如整個大環境，香港的娛樂圈在千禧後一直給人一種「青黃不接」的感覺。

上一個世紀陳奕迅、容祖兒、古巨基那個廣東歌的百花齊放的情境早已不復見。那一代的歌手不少都選擇北上發展，在不少歌迷眼裡，他們也許已經不再屬於「香港人」這個族群。香港人嘲諷多年「而我不知道」的陳偉霆，北上後一首〈野狼Disco〉卻紅遍中華。年輕人的目光，唯有轉移到韓國一個又一個的偶像團體。相較起韓團成員出道有著多年的練習和選拔，在商業掛帥的香港，「演藝夢」似乎只是天方夜談。

這種「無力感」自然令香港人這個身份，難以感受到當中的「自尊」了。

MIRROR 成為香港人的「理想自我」

MIRROR 的出現，帶給香港人一種改寫這個困局的曙光。

如果你身邊也有不少鏡粉，你應該也聽過這句「入坑」說話：「估唔到香港都可以訓練出到咁樣的水平！」MIRROR 也許在跳唱方面談不上頂級，但他們絕對能給人不是「得個樣」的第一印象。當粉絲去翻看他們《造星》時期的表現，更會發現他們並不是甚麼「神人」，不是甚麼星二代，而是和自己一樣，一個普通的香港人。他們做出的成績，不是透過大疊的鈔票堆砌而成，靠的是他們不斷的努力和學習，由《造星》到《調教》，MIRROR 讓人看到他們並不是完美的，他們也有自己要進步的地方，不論是唱歌、跳舞、演戲，或者與團隊和粉絲相處。節目讓觀眾看到在挑戰下，他們對挫折的不甘心、對目標的執著，以及像個普通人一樣去生活。這些真實反應，切切實實讓觀眾感受到他們的性格——一群為理想、義無反顧去努力爭勝、卻又同時尊重身邊每一位對手的年輕人，一步一步走到今時今日的地位。

在《全民造星》裡，Alton 在盡力表演後得到五盞紅燈，留下的那一句「尋求無悔真生活，路漫長也靜候」，讓觀眾充分感受到那種在挫折中依然不肯服輸的精神。花姐曾明言，他的精神最能代表 MIRROR 一路走來的精神。這些精神和十二子本身的香港人身份，透過努力換來成績，才得到觀眾的認可。

能夠衝出娛樂圈無力感的他們，不就是香港人心中那個希望能夠衝出無力感的「理想自我」嗎？

小結

MIRROR成為香港人的「理想自我」，為香港人提供了一個情緒出口，從成為「鏡粉」中得到作為一個香港人的歸屬感。這也解釋了為甚麼粉絲會各出奇謀，將他們推上香港與外地各個排行榜的榜首，因為在他們心中，偶像的成功就是自己的成功。

MIRROR現象給我們的反思

在不被看好的香港娛樂圈下闖出一片天，而且現像級的表現幾乎是全靠主打香港市場出來。在「無力感」下突破，告訴了我們人生路上，其實有著很多的可能性。

不放眼全香港那麼宏大，光是我們自己，不就有很多的「無力感」在上演嗎？家庭環境、身體狀況、學業成績、工作事業……有時候，你的環境是不是也令你覺得無法找到出路？

心理學中有一個理論，叫Self-fulfiling Prophecy（自我實現預言），當我們有一個願望想去實現時，我們變得更容易去留意達到目標的資源和路徑，從而不自覺地令自己達成目標。

但願我們都可以抓緊自己心中理想，堅持下去。

1.2 追星心理學

追星是怎麼一回事？

兩個人兩情相悅，叫愛情；只有一個人喜歡而另一個人完全無感，叫單戀。而追星，是一方非常喜歡對方，但另一方卻對對方完全不知情。這種關係被稱作擬社會關係（Parasocial Relationship）[4]，指的是媒體（當時指的是廣播和電視）與消費者之間發展的關係，這種關係的特點是，甲方對於乙方是非常熟悉，不過乙方卻對甲方一無所知。即是粉絲對明星的一切興趣、喜好、以致生活細節也瞭如指掌，甚至可能比明星本人自己更熟悉。

形成擬社會關係的三種吸引力

這種關係到底是從何而來？其實，當你第一次從電視或社交媒體看到偶像的時候，你就會和他們產生了擬社會互動（Parasocial Interaction），就像我們日常社交一樣，我們為甚麼會覺得對方如此吸引？這是由三方面所導致的[5]：

1. 物理吸引力（Physical Attractiveness），簡而言之，即是一個人的「皮囊」是否好看。除此之外，一個人的外貌，體態，或者他／她展現出的美態也在此列；

2. 社交吸引力（Social Attractiveness），即是一個人的性格、談吐，能否給我們一種想與他／她交朋友的感覺；

3. 任務吸引力（Task Attractiveness），一個人是不是有能力、聰明和可靠，也會影響他／她對我們的吸引力；

當我們每一次從媒體上接觸明星時，他們在這三方面給我們的吸引力愈高，我們對他們產生的擬社會關係也會更強。這解釋了為甚麼人們喜愛一個偶像，可以因為他們是擁有甜美外表的「偶像派」，或者擁有深厚唱功或演技的「實力派」，甚至只因為是他們在主持節目中對答交流很令人感覺舒服。當然，也可以是這幾個範疇的混合，也就是經常聽別人所說的那些「全能型」偶像。

MIRROR是因為這三方面都出色，才令他們有如此龐大的粉絲群嗎？我認為他們在這三方面絕對不弱，但要說他們單純因為吸引力而有如此龐大的粉絲群，以他們的資歷來說也未必如是。不過，擬社會關係的強度除了上述三方面以外，也會隨著與我們接觸次數而增加[6]，這就要歸功於應援和《全民造星》了。

《全民造星》製造「任務吸引力」

一個明星出道，要讓人看到他們的才華，不外乎靠著派台作品、或演出不同影視作品獲得曝光度。這些機會，對於初出茅廬的新人來說，靠著一兩個出道作，未必能馬上讓人看見他們有多大才華。

《全民造星》作為選秀節目突破了這個限制。

它給予參加考者大量展現自己才能的機會，由各種風格迥異的 Dance Battle、歌唱、自選項目中，讓觀眾有大量機會感受到他們的多才多藝（MIRROR 成軍頭一年只有三首團歌，部分成員至今仍然未有自己的單曲。但在《全民造星》時期，他們可是人人都擁有好幾次單獨和合作演出的機會），除了用演出增強了他們的「任務吸引力」，他們的努力不懈，也讓人感受到他們對演出的熱誠。

「真人騷」製造「社交吸引力」

即使一個明星擁有才華，足夠的「任務吸引力」了，另一個問題就是他們是一個怎樣的人？過往，我們可能只可以從訪問，或者他們在社交媒體上的交流得知。

ViuTV 的真人騷就造就了大量機會，讓人看到十二子的「社交吸引力」，尤其是《全民造星》，令觀眾能看到他們還未成名之前，如何和一班競爭對手由互不相識，發展到在一個個項目中互相鼓勵和合作。

例如 Alton、Lokman 和阿 Dee 在節目中，就多次展露出他們三人之間的兄弟情。雖然只有 Lokman 晉身十強，能夠到美國練習，其他選手也一起上演了一場「炒大鑊」，來讓他們能夠一起團聚圓夢。節目中藝人之間的互動，更增加了他們的「社交吸引力」。MIRROR 成團後出現的眾多 CP（指的是 Fans 幻想某些偶像之間有著情侶般的感情），也是因為在偶像的活動中，看到他們之間的友情吧（詳見 2.5）。

「周圍都係」增強物理吸引力

「地鐵站又係你，巴士站又係你」MIRROR 的應援、廣告和 MV，無論你想抑或不想，都總會在某處看到他們的身影。就算你本身不認識他們十二人，你也會從這些渠道中看到他們。這除了大大增加了我們看到十二子的「物理吸引力」之外，另一方面，其實單單只是不斷看見，也會造成「單純曝光（Mere Exposure）」，令我們因為看多了，產生熟悉感而出現好感。

《全民造星》和鏡粉的積極應援，讓 MIRROR 這三方面的吸引力，能夠在短時間內給更多人看見，令他們擄獲更多人的心。

「互動性」增強擬社會關係

至於另一個加強 MIRROR 與鏡粉的聯繫，就是偶像與粉絲之間的互動性。

當網路及智能電話尚未普及，從前藝人只在電視熒光幕前出現，即使再多，你只能從報章雜誌、綜藝節目的訪問中了解他們多一點，在經過剪接和編輯後，你真正了解他又有多少？即使有機會看到你的偶像，大抵也是在演唱會、接機等場合遠觀，偶像對你的回應大抵也只是揮一揮手。

但 MIRROR 和鏡粉間的互動卻不止如此。在電視台主打真人 Show 的策略下，MIRROR 大部分演出的都以真人 Show 為主，除了明星之間互相打鬧的綜藝節目 MIRROR Go，更有讓他們和粉絲互動的節目，例如《神的女主角》就讓「神徒」近距離接觸到她們的神 Anson Lo，甚至乎有一個機會和他作出夢幻般的互動如拍 MV 等等。每一次在 IG 上的互動，也更增強了鏡粉對鏡仔的認識。社交媒體能夠增強觀眾對他們的擬社會關係，[7] 因為大眾本身對社交媒體的感覺，就是我們發放自己真實聲音的渠道。它讓人能更深入了解到偶像，不單止是他們的演出，還有他們的想法、生活等等，就像你真實認識一個人一樣。不同於遠在韓國的偶像，基於語言、地方等障礙，加上粉絲佈滿世界各地，他們未必可以和你有太多互動。但在香港，每一位 MIRROR 成員也有自己的 Telegram 群組，且偶像本人也在其中，不時更會「上水」跟粉絲們互動。這一類的互動性，令粉絲更感受到自己的一切支持行為是能被偶像留意得到的，自然也增強了粉絲和偶像的聯繫了。

小結

MIRROR 能創造如此強的「追星」熱潮，其實並不是史上第一人。2005 年日本女子組合 AKB48 就是打著「能接觸到的偶像」的旗號，將從前遠距離的偶像，透過定期在秋葉原的劇場公演來拉近與粉絲的距離，並讓粉絲一路見證著成員在當中的成長，人氣可謂一時無兩。MIRROR 本身的「物理吸引力」，透過《全民造星》和真人 Show 所創造的「社交吸引力」和「任務吸引力」，再加上和粉絲的互動性，令他們得以創造一波新的「追星」熱潮。

MIRROR 現象給我們的反思

MIRROR 能夠讓人如此喜愛，或者他們背後也有可以讓我們學習的地方。姑勿論你是不是 MIRROR 的粉絲，認為他們現在的成功是「虛火」還是「實火」。他們的確讓我們看到，即使在這個彈丸之地努力，仍然能夠創造出自己的一片天。誠然，我們大部分都不會像他們一樣成為明星，但 MIRROR 能夠吸引眾多粉絲的支持，或者可以作為一個榜樣讓我們反思，他們強大的吸引力背後有否我們可以借鏡參考的地方呢？

縱然我們沒有他們十二子的外表，能夠營造「物理吸引力」，我們也可以從他們展現的「社交吸引力」和「任務吸引力」，發現有甚麼地方會讓人喜歡。任務吸引力方面，雖然他們的表現或許仍算不上是頂尖，但他們最吸引粉絲的是那種不斷努力改進的形象。在各有不同的「擔當」的層面上再努力進步、求變，不就是一種很值得欣賞的個性嗎？

社交吸引力方面，《全民造星》在比賽中展示出參賽者珍重和自己有著相同夢想的同路人，即使在比賽中大家作為對手，也能互相尊重和打氣。在成名以後，沒有出現「口出狂言」等狀況，以姜濤為例，面對陶傑的「虛火」論也只表示會繼續努力成為「實火」。姑勿論這是公關塑造的形象還是他們的真誠表現，這種態度無疑能令他們在觀眾心目中再加了分。

即使我們不是要做偶像，可是我們也許和 MIRROR 一樣，都有著自己的夢想。在追逐的過程當中，有時候我們都會受外界影響而變得不像當初那樣。MIRROR 的故事告訴我們，在保有「初心」的同時，展現出自己努力和敬重他人的態度，即使未臻完美，也會有欣賞你的人在呢！

1.3 私追的心理

自 MIRROR 出道以來，私追一直是令他們頭痛的問題。

「私追」源於韓國的「飯圈文化」，泛指歌迷過份跟蹤偶像的行蹤，甚至乎是干涉到他們的私人生活。在韓國飯圈喜歡私追的粉絲被稱為「私生飯」。私追行為包括跟蹤偶像的私人工作行程，例如拍劇、內部排練等未公布的行程。除了工作外，有時候更會跟蹤到他們到住所，甚至乎是廁所等私密地方。

韓國偶像團體一直以來都受到私生飯的問題所困擾，SM 娛樂旗下男團 EXO 成員世勳便表示，曾經每天收到一百多個來自私生飯的電話；Super Junior 的希澈因為受電話騷擾而更換電話號碼，但卻馬上收到一個「OPPA，即使換電話我們也會知道」的訊息；他們的宿舍曾經遭粉絲入侵，並發現粉絲將自己和成員的內褲混在一起。EXO 有私生飯更曾經複製和他們保姆車一模一樣的車牌，在他們行程結束後停泊在樓下等待他們上車。此外，偶像出行時經常都會有粉絲「追車」，私生飯一起合租一輛車跟蹤明星的車到他們的所在地。2018 年防彈少年團在台灣桃園演唱會結束後的車禍，更疑似是和粉絲跟車有關（雖然所屬娛樂公司否認）。

在香港，對於 MIRROR 的私追行為同樣嚴重。Edan 和姜濤也曾因為粉絲到住所附近長時間守候偶像出門，甚至經理人花姐也曾在 Instagram 發文，請粉絲給予 MIRROR 一點私人空間。

在拍攝節目《男排女將》和《季前賽》時，都出現粉絲到場圍觀拍照的情況。最著名的一次，就是拍攝《調教你 MIRROR》時，大批粉絲得悉拍攝位於梅窩便蜂湧而至，令拍攝受阻，最終令十二子出來勸粉絲離開。是次事件惹來部分粉絲不滿，甚至「脫粉」，有傳有私生飯更說「姜糖捧得紅你，都可以踩低你！」

種種瘋狂的行為，不禁讓人好奇，「私追」到底是源自於甚麼心理？

是甚麼導致私追？

私追行為的形成，可以參考心理學中的專注——成癮模型（Absorption-Addiction

Model）。[8] McCutcheon 認為，人在接觸到偶像的時候，在仰慕偶像的過程中，粉絲獲得一種認同感，令他們在追星過程中可以滿足到生活中的心理缺失。故此，這種滿足感令粉絲更加依附在和偶像的擬社會關係中。這一種滿足感，令他們的追星行為慢慢上癮，導致他們在過程中愈來愈想去親近偶像。

偶像崇拜可以分為三個層次：第一層是 Entertain —— Social，即視追星為一種娛樂，以及和別人社交時的一個話題；第二層是 Intense —— Personal，粉絲將明星看成是自己的「靈魂伴侶」，並且對他們的個人生活有濃厚興趣，例如他們的裝扮、喜歡的食物等等生活細節；第三層是 Borderline —— Pathological，粉絲不能自控地對偶像有過分的幻想，花費大量金錢去購買偶像的周邊，甚至乎為了偶像而作出違法行為。

這三個層次，不難在鏡粉身上看到，無論是留意偶像穿著，為了仿傚他們去購物（俗稱「應援物」），甚至乎是為偶像賣廣告，替他們慶生等。不難發現，社交媒體在當中充當了一個很重要的角色。因為社交媒體的發達，偶像的行蹤變得更加容易得悉。在韓國飯圈便不時出現有人出售偶像的航班訊息予私生飯，令他們得以購買同一班機的機票，一親自己的偶像。即使是關於他們的住址或工作地方的資料，粉絲也可能透過追蹤他們身邊人的媒體，或者透過其他的渠道找到蛛絲馬跡。此外，因著社交媒體令資訊變得更加流通，也增強了粉絲對偶像的感情。即使這個關係是單向的，對粉絲來說，在當中感受到的快感，卻也是真實的。這種正面的感覺對追星行為有種正面增強的效果（Positive Reinforcement），令粉絲重複相同行為，變得更加渴望瀏覽偶像的媒體和見他一面。不過，過度接觸時有機會令自己對同樣的行為提高了耐受性（Tolerance），變得無辦法滿足於普通的追星行為，便有可能另僻一些新方式來滿足追星帶來的快感了。

「追星」行為有問題嗎？

追星一事並沒有問題，除了作為娛樂和其他人交流的話題之外，我們更有可能受惠於當中的正面作用，例如幫助我們更有動力成為理想中的自己[9]。可是，如果過份追星影響了自己的正常生活、例如社交、健康、財政等等，就要多加留意了。此外，我們亦應該多留意自己的追星行為有否為身邊的人帶來困擾，當中也包括偶像本人的感受。擬社會關係令人對偶像的一切有著濃厚興趣，更有可能因此而愈發上癮，在拉近與偶像距離的過程中，為偶像的日常工作甚至生活帶來負面影響。

固然，追星能夠帶給我們很多歡樂，尤其是在社交媒體發達的情況下，支持方式也百花齊放。通過和其他粉絲交流、一起策劃應援活動、設計和派發應援物，的確能為自己帶來不少快樂。

不過和偶像的「擬社會關係」帶來的快感，一不小心就可能令自己過份沉迷，引致例如「私追」等成癮的結果。過份沉醉追星，不單會影響自己的生活，也可能會令偶像因而受到困擾。

別忘了，大家的所作所為也會聯繫到自己偶像對其他人的形象。而且，正如粉絲會緊張 MIRROR 十二子的身心健康，他們也同樣會著緊粉絲。故此，作為粉絲和支持者，應當多留意自己的行為會否為自己和他人帶來負面影響，當自己發現有這樣的情況出現，就應當反思該如何調節了。

MIRROR 現象給我們的反思

作為一個興趣，追星的而且確為我們生活帶來不少調味。不論你是鏡粉、404、前夫還是其他歌迷，支持偶像的過程是有當中的樂趣。作為對電視娛樂頗有興趣的一員，我自己也很享受欣賞偶像的作品，甚至和自己偶像互動時（偷偷告訴你，我曾經上過《勁騎26》，有幸和偶像 Alton 見面呢），那種能面對面和他說點支持的話，見到真人時的興奮，至今仍歷歷在目。

在擁有自己興趣的同時，我們也應該留意這項興趣會否影響其他人，甚至我們的日常生活？網路上有傳言，有老闆為了購買 MIRROR 紅館演唱會門票，而引致下屬不滿。對演唱會門票的渴求，我們都十分理解，不過為了搶票而破壞自己的工作形象，又是否值得？

追星也好，任何興趣也好，過份投入也許會為自己帶來反效果。有這個興趣時，可能只是因為單純的「喜歡」，但當興趣成為了習慣，並逐漸介入到生活時，那就不單單是為生活帶來「調味」了。「沉溺」行為帶來的也許不再是當初那個興趣所帶來的單純快樂，當我們發現自己愈發沉溺時，便應該透過合適的調節和計劃，將生活帶回正軌。

1.4 應援心理學（彭彭@心理學渣）

我們在不同的飲食店門口，都能看見貼滿了偶像海報。除此之外，其中一個最常見的「應援」方式就是店方幫忙派發 Fan Club 製作的應援物品。到底是甚麼驅使大家如此投入於「應援」當中？

一切都從 Fan Club / Fan Page 開始

有賴通訊軟件的發展，無論是喜歡 Alton 還是姜濤，我們在關注他們社交媒體例如 Instagram 專頁時，很有可能同時被推薦去追隨他們的 Fan Club 或 Fan Page。看不見還好，見到後想要更多。我們能在這些地方看見更多關於偶像的資訊和相片。當中的一些圖片可能連官網也沒有出現過的。在越看越高興的時候，我們看見 Instagram 簡介下面有一條 TG Group 的超鏈結，按下去之後，我們更投入於追星這個 Fandom（迷文化）的社群了。

加入了 TG Group 後，我們才發現，原來這個世界上有這麼多志同道合的朋友。大家都喜歡一起討論同一個鏡仔。之前沒有想到，原來姜濤心心手勢能夠配合「OK」造成一個 Sticker。我們隨後在和朋友（以及姜糖群友）溝通時也能應用到這些貼紙，把偶像和這些「Fan Art」更加緊密地帶到我們的日常生活中。

應援物的誕生——用愛發電

在這種耳濡目染的情況下，大家談論姜濤更多，也更喜歡姜濤。更多的 Fan Art 將會面世。粉絲投入的不限於時間和心思，一些粉絲更會投入自己的金錢去「用愛發電」——自資去製造不同的應援物，包括手幅、名信片、卡牌，及印有偶像姓名的燈牌等。

在這個群體中，不乏有心有力的設計師。就算你不懂如何設計，也可以幫忙聯繫不同印刷商或廠家比價、物品完成後安排搬運及取貨。當然，也有從頭到尾「一腳踢」的全能型選手。無論是單刷型高手或是團隊的一分子，大家都只是希望能透過應援物為偶像付出及傳遞愛意。

為甚麼會選擇做應援物呢？

雖然任何一個偶像總有表演，官方也不時有新作品及新貨品上架，但我們不能隨時隨地在現場幫偶像打氣或叫口號，偶像的每一個作品在影音串流平台上，同一個用戶也只能 Like 一次；同一款的官方紀念品，其實搶一套也就滿足了（不過一套完整的 MIRROR 紀念品也很不容易收集）。

粉絲可能會每日在 Instagram 及 TG Group 上談論偶像的點滴，既然官方沒有經常推出新產品，沒有關係，我們自己去製作。如果沒有現場演出，給偶像感受我們心中的熱情，我們便把心意寄託在這些應援物中，希望收到應援物的大眾能更加了解我的偶像，將來有更多粉絲為我的偶像拍手。畢竟，作為偶像也會希望自己的知名度能夠提高，更多人能留意到自己的作品。

只要能成就到你 也許就是我的成就

筆者認為，應援組的投入者能在應援活動中滿足到 Maslow's Hierarchy of Needs（馬斯洛人類需求層次理論）中有關愛（對偶像的愛與聯繫）及歸屬（應援粉絲群的身份）的要求[10]。如果造出來的 Fan Art 和經營的 Fan Page 能有更多人讚好和追隨，是對應援者的一個肯定。最起碼他們能從數據中檢視到有更多人會接觸到自己的推廣，而這些受眾也間接多了一個認識偶像的契機。

另外一個應援者最開心的時刻，必定是自己的付出能夠得到偶像認可，例如偶像在 IG Story 中 Re-post 自己與應援物的合照，在 Fan Club 的 TG Group 內發一個溫暖的語音信息，甚至簡單地在 Instagram 對話中按一下心心。

這些舉動能讓應援者感受到自己的愛，是能被偶像明白和認同的。偶像是知道應援物背後，是粉絲的時間、金錢、心血及心意。應援者也能藉此滿足人類需求層次理論中有關「尊重和認同」的追求。能成為幫助偶像發光發亮的小火苗，也是一件很浪漫的事吧。

當一個個 Fan Club 的夥伴如球場內穿著心愛球隊球衣的球迷般，舉著自己偶像的燈牌在等候，為偶像呼喊口號和拍大合照，此時偶像的一句「多謝」和笑容，或許就是這一切「用愛發電」的動力來源吧。

應援店的小秘密——說服的藝術

「AAA Fan Club 將與 BBB 店鋪合作，於 2022 年X月X日至Y月Y日期間派發 AAA 的應援卡及手幅，屆時請 Follow 下面的3個步驟領取應援物。

1. 請先 Follow AAA/ AAA Fan Club / BBB 的 IG Page
2. 排隊禮貌地與店員確認及索取應援物
3. 請以實際購買支持良心小店

備註：是次應援物一共 X00 份，先到先得，每人限取一份」

很多派發應援物的 Fan Club 都會以類似的字句去提醒粉絲有關派發的安排。

乍看之下，上面通知文字無甚特別，但其實這樣的寫法，是能幫助應援店增加生意呢！以下筆者將會說明 Cialdini 6 個影響力法則（Cialdini's Six Principles of Persuasion）[11] 其中的五個。先此聲明，我絕不是否認店鋪分發應援物的功用，亦絕對相信應援店都是以友善的態度去幫忙宣傳偶像。在互相幫助的前提下，店鋪獲得更多收益也是個雙贏局面呢！

1. 喜好原理（Liking）——大家是同道人

正如前文所描述，大部分應援店除了給粉絲領取應援物外，他們也會在自己的店面貼滿了是次活動的相關物品，甚至這個偶像的其他應援物。一般大眾在看到後，也會認為該店家是這個偶像的粉絲，也是同一個屬群（Community），對該店的好感也會上升，從而更容易接受和支持此店。

2. 互惠互利原理（Reciprocity）——我們不喜歡白受人恩惠

在上方的通知中，雖然並沒有明文規定一定要購物才可以得到相關的應援物，但由於我們接受了店家所派發的應援物，內心其實是渴望能回饋商家，感謝他們幫忙安排派發應援物。回報的方式也很直接地寫出來——實際購買支持。反正消費一杯飲料也是大家能力範圍內能做到的事。

3.承諾和一致原理（Commitment and Consistency）——保持合作的形象

指引的第一步提到，我們要先完成「打卡」；第二步，給員工檢查。人類有傾向去保持一致性，在遵守這些要求後，我們內心的人設，可能會變為「願意根據規則而行」的人，便會更加容易接受店家的其他要求或者建議——購買店內產品。

4.稀缺性原理（Scarcity）——我們都怕錯失稀有品

除了通知寫到的提醒，自發製作的應援物於本質上與一般流水作業生產的商品不一樣；不同 Fan Club 針對同一個偶像所採用的應援物設計也有不同；應援物呈現的方式及材料都可能不一樣，每次的應援物都是獨一無二的，不會有一個「總部」控制生產。今次生產完這一波的應援物後，可能不會再生產同款的應援物，所以能想像粉絲會很雀躍地排隊或付出，以收藏這些應援物。

5.社會認同原理（Consensus）——跟著前面的人做

綜合以上各種因素的影響，我們在排隊等候拿應援物時，很大機會看見其他「同道」在店內消費。看見其他同好這樣做，我們會更容易視之為榜樣，排到自己拿應援物時，便也會光顧。而站在我們後面等待的人，也大有機會被我們的舉動影響，甚至同化，最後「光顧」成為了潛在的規則。

總結

MIRROR 能擄獲諸多粉絲的心，絕對是集合了天時地利人和：透過各種媒體和真人 Show，了解到鏡仔的性格和對目標的堅持，加深歌迷對他們的喜愛。時間上，正值社會氣氛低迷，大家尋求一扇出口：《全民造星》讓人看到他們如何由普通人從99人中脫穎而出。成軍後集中本土市場的策略，使MIRROR成為香港人「土生土長」的偶像。十二子對觀眾來說，他們不單止是自己喜歡的偶像，更是一眾香港人成就姜濤那句「香港加油」的出口。鏡粉不再是單純的「追星」，而是在「追星」同時「造星」，為他們，也為了作為香港人的自己，共同創造一個屬於大家的目標。然而，這種對偶像狂熱的情感，也許令部分粉絲作出「私追」等過度追星的行為。所以，作為鏡粉，大家在享受追星和造星的過程中，也應該享受那份尊重其他人感受的理性，讓香港無論樂壇還是粉絲團，都能在健康友善的氛圍下，走得更遠。

2 娛樂心理學

自《全民造星》開始，香港人重新養成回家看電視的習慣。

一個又一個的電視節目，訴説著香港人的甚麼心理變化？

2.1 從《調教你 MIRROR》中學習怎樣「調教」

在眾多電視節目中，《調教你 MIRROR》可以說是 MIRROR 出道以來最令人印象深刻的節目。

先和大家科普一下，早在《調教你 MIRROR》前，電視台早已有相似節目《調教你男朋友》。倒也不是教各位如何作為一名「男朋友」，不用回覆訊息的字數多於女朋友，也不用45度角面對面和對方聊天。節目本身，著重於心靈上的調教，心態上的調整。這一點到了《調教你 MIRROR》也是如此，「調教員」阿祖梁祖堯將 MIRROR 十二子帶到梅窩，透過一系列的活動讓他們去反思、定位自己作為 MIRROR 成員，和作為藝人該如何自處。

節目還未播出前，當中的花生味早已飄散出來，上至網路討論區，下至成員在自己的社交媒體發文，更有疑似私追主角隔空炮火回應。就算是路人粉甚至是黑粉都忍不住討論一番，乃至於團體以前「因獎不和」的謠言再次被挑起。不過，當節目播出後，若只為了花生而收看的觀眾也許會失望，節目內並沒有打群架或是老套的大家坐下來「有啲咩就三口六面講清楚」。

阿祖作為調教員在當中適時給予的引導，讓人感受到花姐和 ViuTV 是真心希望透過調教營能令十二子有所改變。早在節目播出時，我早已隨著節目播出步伐，和大家在 YouTube 簡單分析過調教營當中的心理學。今次則想藉此機會，分享自己認為大家能夠從節目當中，領略到什麼培養團隊的技巧。作為讀者，不論是學生、在職人士，還是一家之主，相信也有自己的團體要去照顧。雖然我們並不能從調教營中看到它設計的全貌，而且因為要照顧到拍攝本身，不代表當中的設計能被直接搬到自己的情況運用。不過，作為一個實況「調教」節目，的確有些地方是能被我們所參照的。

《調教你 MIRROR》到底想調教甚麼？

第七集姜濤跟阿祖說：「其實我知你哋想做咩，就係想我哋十二個關係好啲。」阿祖卻說：「唔 Exactly 係架！」

不論是在學或是在職階段，相信大家都經歷過被人強行組隊的經驗。可以是宿舍床位、老師為省事依學號來幫同學分組、有一個計劃需和別的部門合作完成等等。光是其中一項都夠令人頭痛，因為不熟悉組員，卻要和他一起完成接下來的工作，也不知是「伏」還是「神」。

每個人做事方法、價值觀、待人接物都不同，從節目當中我們可以看到，花姐對他們每一個人都有想改善的地方。例如她想 Edan 可以接受其他人、Anson Kong 能夠保持稜角但不會得失其他人、姜濤要學懂解決自己的問題……同時，MIRROR 十二子也有自己想磨鍊的地方（Jer 想和 Ian 關係更加好、Alton 認為實力才是最終依歸）。對於團隊和自身的問題，我們可以看得出每個人都有不同想法。但除了能宣之於口的問題，也有一些問題是未被發現的，例如團隊成員之間的心病、誤會，可能他們本身也未必很知道問題所在。

這些問題明顯不是一時三刻能夠解決，更何況十二個人都有各自的問題，絕不可能在短短一個「調教營」能夠做到。不過，這個營的功用卻是去令他們察覺到自身的問題。

察覺（Awareness）往往是解決問題的第一步。要解決問題，我們先是要知道問題的存在，且成員需要認同它是問題，方能有動力令問題得以改善。

自身的問題能夠由他人口中反映出來，那團隊的問題呢？

我們可以透過心理學中的 Johari Window[1] 去了解，「周哈里窗」指的是我們對於自己的認知和他人的認知之間的差異，基於這個差異，Johari Window 將資訊分為四個象限：

1. Arena：指的是自己和其他人都知道的資訊，在這個範疇裡的資訊，是整個團隊都共知的訊息，也就是整個團隊都有的共識。

2. Façade：又稱作 Hidden，這一扇窗代表的是一些自己收起來，但其他人卻不知曉的資訊，可以是你的秘密，或者一些自己不想對其他人宣之於口的事情。

3. Blind Spot：盲點，顧名思義，就是一些關於自己但自己卻不知道的事，反而其他人知道。這包括我們的性格，尤其是自身的缺點。可能在他人眼中很明顯，但自己卻總是察覺不到。

4. Unknown：最後就是我們自己和其他人都不知道的地方，這包括我們的潛質或者一些尚未發掘的地方，或是團隊的危機。

只要團隊能夠擴大 Arena，就能令團隊表現更好。而要擴大 Arena 方法就是：

a. 減少 Façade，團隊成員肯去分享自身一直沒有說出來的想法；

b. 了解 Blind Spots，從其他團隊成員口中了解他人眼中的自己；

c. 發掘 Unknown，團隊成員一起發現大家都未知道的地方。

理論如此，而且我們也可以看到這也是調教營嘗試的方法，給予適當機會讓他們將問題拿出來探討。但要將問題說出來，談何容易？

回想一下我們自身的狀況，縱然有問題，也未必敢向身邊人說出來，因為怕不慎說了出來，當下所引發的情緒可能會令事情沒法收拾。相信你在職場上也有類似情況，無論你有多喜歡你的同事，他們有一些問題你都未必敢和他們直說。

更遑論團隊之間的問題，說出來牽連甚廣，不知道會得罪甚麼人。連花姐也直言：「一攤出嚟講 MIRROR 就會散」。

縱觀整個調教營，我們會發現覺察個人和團隊間的問題，可說是這個營當中的一個關鍵。不過要如何令他們察覺而又肯去接受，這就是個很大的難題了。

阿祖如何令鏡仔打開天窗說話

要讓團隊願意坦承分享並一起進步，其關鍵在於組織能否給予團員一個心理安全（Psychological Safe）的環境。

想像一下，你心目中的「輔導室」的環境通常是甚麼樣子？寧靜、寬敞，可能有一兩棵植物……門是關上的，讓人感覺房間不單令人放鬆，更是擁有高私密度，可以暢所欲言——這種感覺就是「心理安全」。

對於一個團隊而言，心理安全指的是團隊成員覺得自己在這個環境之下，他們是可以沒有顧慮地分享自己最誠實的意見、聆聽別人、合作和嘗試，這樣團隊才更放心去正視個人和組織問題，並一起成長[2]。所以倘若要他們發掘到自身的問題，便要令他們感覺在這個「調教營」中有心理安全的感覺。

要十二子感到「心理安全」並不容易。作為公眾人物，他們一舉手一投足也能成為茶餘飯後的話題。加上調教營本身作為實況綜藝，每個人全程也有一個

GoPro 傍身，記錄他們一切一切的反應。這種受旁人注視的感覺，心理學稱之為「評鑑察覺」（Evaluation Apprehension）。

評鑑察覺理論指出，人會因為憂慮他人如何看待自己而影響自己的真實表現[3]，所以我們看到有阿祖會用「綜藝 Mode」這個詞語，去形容他們在節目初期和有市民在附近時所表現的自己。想是因為這個「綜藝 Mode」下的他們，不用擔心節目如何剪接、或當市民上載他們到自己的社交媒體。不過調教營的目的，卻是要他們展現更深層的自己，甚至乎是團員間的隔閡。故此，如何令他們感受到心理安全，便是節目組要煩惱的事。不難想像，這也為甚麼他們會選擇梅窩，以減少其他人出現影響他們的活動。

以「無條件正向關懷」放下鏡仔心防

沒有其他人的干預，要令他們肯在阿祖面前放下心防，就是另一個問題，而且這也是我覺得較為關鍵的地方，作為「調教員」，他用怎樣的態度和十二子相處，對他們在營中的行為表現有絕大影響。

阿祖對他們展現的態度，是無條件正向關懷。

無條件正向關懷（Unconditional Positive Regard）[4] 是常運用於教練（Coaching）或是輔導（Counseling）的術語，指的是教練或輔導員對當事人表達真摯的關心和接納，尊重對方自由表達自己的權利，並肯定對方擁有自己改善問題的能力。

無條件正向關懷，能讓對方在面對自己時，不用怕說「錯」了甚麼而被批評，可以自由地表達自己想法。這種態度不是單純要滿足對方，而是在接納他們本身前提下鼓勵他們去改善和進步。節目中我們不時都會看到阿祖在他們欲言又止時補上一句「講出嚟啦」，正是鼓勵他們將心中想法說出來，即使是分享一些自己真正但其他人未必輕易接納的想法。不過，當我們能夠讓對方感受到，他們在與我們相處的過程中，即使自由分享想法也會被接納，就更能令他們說出心中真實想法。

要讓對方感受到無條件正向關懷，關鍵在於對方在表現自己時，甚至是一些比較負面、不容易被世俗接納的情況時，依然去尊重和接納。在整個調教過程中，我們看到當 Lokman 說自己曾經做到心灰意冷，即使這個態度是很負面，阿祖依然沒有批判；就連 AK 在健身課程中開黃腔，頭幾次他也是在默默觀察，直到課堂被影響到才出聲提點。

這種態度，讓 MIRROR 在參與阿祖的種種活動時，更容易表現真實的自己出來。

用「主動聆聽」發掘更多

雖然名義上是「調教員」，事實上阿祖沒有真的準備要「教」甚麼。在節目第一集的時候，他做的只是靜靜地在一旁觀察他們的反應，並且在訪問中透露出在入營前對十二位鏡仔的了解，包括本身對他們的認識，和「花姐」做的功課。在這裡，阿祖展現了一種主動聆聽（Active Listening）[5]的態度。

平時我們對於主動聆聽，比較聽得多是技巧上的，例如怎樣運用開放式問題（Open Questions）去提問。這裡他雖然沒有問任何問題，但我們可以看出他的態度是通過觀察去了解對方，例如從 Ian 不肯透露自己住所，發現他習慣收藏自己。在之後的調教過程中，我們也可以看到阿祖在對話中，較多時候是讓鏡仔自己去分享想法，或者自己想辦法去解決（例如他寧願 Dead Air 也要姜濤和 Tiger 自己去面對兩人間的尷尬）。甚少時候是阿祖直接去教導他們甚麼。

主動聆聽最根本的重要性，在於讓對方感受到自己很有興趣去了解自己，從而願意分享更多。成年人面對的問題往往很複雜，像是 MIRROR 他們自身的問題，豈是旁人可以容易理解得到？加上，如果最清楚的問題的自己都未能解決，我又為何要將問題攤出來和你商討？如果連知多點自己的情況的好奇心也沒有，我怎麼能相信問題可以與你商討？

阿祖的態度，最起碼先讓對方感受得到，他有一份好奇心去了解自己在想甚麼。有了他的主動聆聽，鏡仔才願意多說他們自身的情況，甚至乎是埋藏已久的心底話。

這裡特別要說的是，阿祖也不是全程只是聆聽者的角色，他也有在某些時候提出自己見解和提議，始終他這個「調教員」在營中擔任很多不同角色。不過，這種主動聆聽的態度，絕對是令 MIRROR 能發掘自己更多的主因。

透過阿祖對 MIRROR 的無條件正向關懷和主動聆聽，成功建立一個令鏡仔感覺到心理安全的環境，為調教打下基礎。

設計「調教」的巧思

態度有了，要怎樣開始展開調教呢？

先放鬆心情

在第一天的活動中，剛抵步的 MIRROR 團隊的第一個節目沒有別的，就只是單純吃飯。

這個破冰的活動，乍看之下無甚特別，不過卻為活動起了一個很重要的作用：它讓 MIRROR 明白到，這個調教營就是這麼簡單：不需要顧慮甚麼機關，不需要擔心要被管制吃甚麼，大家可以隨意吃多少，隨意和誰或不和誰談話都可以。在輔導和教練過程中，要和對方建立互信關係，開始時找方式去讓對方放鬆是十分重要的[6]。

或者是節目組始料不及，十二子比他們想像中來得更有防備心——在出道時期的綜藝節目《MIRROR Go》中已經領教過，ViuTV 可以騙他們去機場（以為去韓國實則是烏溪沙），吃咖哩吃到嘔，甚至乎要食蟲！更何況在出發前他們的節目稱號是《MIRROR Go 3》，不難想像他們在拍節目時的戒心有多高了。

這個飯局，除了他們知道這個營沒有「伏」外，對這一班藝人來說，其實也讓他們感受到在這裡是不用約束自己。由節目後期可以得知，花姐對他們的身型管理可是著緊得很，所以飲食上自然有所管制，但在這餐飯中他們發現自己食甚麼都沒有人在管（至少在當時那刻），自然就更放鬆去做自己了。

現在你明白為甚麼姜濤會在沒有花姐的情況下變得如此不同吧！

加強自我效能

第一天的另一個活動，是跟 Danny 老師學習唱和音。

整個調教營中，有不少項目都是和他們專業掛勾的，包括黃修平和鍾說的演戲班和健身訓練。但作為打頭炮的這個項目，卻不是以提升他們技巧為主要目的。

在每人逐一示範自己的歌喉後，阿祖問了一個問題：有沒有人想自己那一段

「唔出街」？我們可以看到，一開始其實有部分成員頗為害怕歌唱，之後在阿祖的提問下，才發現當中他們其實也有想出 SOLO 的欲望。可是，或者是因為對自己的既有印象，或是和其他兄弟的比較，某些成員慢慢變得害怕去唱歌。

小心翼翼歌唱後，Danny 老師和阿祖非但沒有太多批評，反而更逐一稱讚他們。經過一輪練習後，一向較禮讓的 Tiger 亦主動爭取機會再唱一次。當他唱了兩句後，阿祖只說了一句，要他選個對象來唱，然後 Tiger 事後說，AK 說他有很大的進步。

這一部分，與其說是歌唱練習，於我看來是在強化他們對於能否改善自身問題上的自我效能（Self-Efficacy）。自我效能指的是個體本身對於自己能達成目標或完成任務有多大的信心，這一點也能幫助到建立教練關係。因為教練對自己的評價，會影響到對自己的信心，能不能透過教練的設計而有效改善自身問題。

阿祖在這裡對 Tiger 的調教恰到好處：在 Tiger 再次演唱歌曲時，聽到他的表現不如理便想截停他，不多不少只給了一句提示。如果任由他放任去唱的話，也許他只會感受到大家欣賞他的主動，未能發現主動帶來的改善；如果過多的干涉，也許又會打擊他對唱歌方面的信心。阿祖的那一句「找一個對象來唱」，讓他從提示中去改善，發現原來自己去改，是可以做得更不一樣，自然對自己的唱功更有信心了。

總括而言，調教營的第一天為整個調教項目打下一個好的基礎：一餐簡單的午餐，讓 MIRROR 在吃飯時中感受到在這裡可以安全做自己。在之後的歌唱課堂，透過自己歌藝上的改善，提升成員的自我效能（Self-Efficacy），更有信心去和團隊一起改善問題。

心理小應用

阿祖在第一天的鋪排，其實也適用於我們的日常生活。

在大學的 OCamp 或者不需要太擔心新生太過拘緊，反而可以想想，怎樣透過活動提昇同學的自我效能，令他們明白自己有能力去改變以前中學一直認知的自我？請留意，我在這裡說的，不是那些甚麼「一生人一次」，藉活動之名實則另有企圖的活動，而是怎樣讓他們像 Tiger 一樣，知道自己一直覺得是弱點的地方，也能夠改善得到。

假設你在管理 Fan Club，當有新的成員義務加入幫忙，你會怎樣在與他／她的相處中，建立關係？你有運用主動聆聽好好了解他／她成為 Fan Club 管理員的動機和想法嗎？

當你需要你的同事在工作中作出改變時（例如由自己一個工作，升職成為其他人的上司），你可以在他要接受挑戰前，先提升他的自我效能，令他更有信心改善自己嗎？

透過兩次小組活動去覺察問題

當他們基礎打好後，便真的要面對問題了。如上文所說，覺察是調教營的關鍵，那怎樣令他們覺察問題呢？

阿祖要求 Alton、AK 和 Frankie 到麵包店賣麵包，並請了演員麥子樂在買麵包過程中動氣，看看他們對突發情況的處理。要騙過三位綜藝經驗豐富的鏡仔，阿祖和子樂確實巧妙：先是表露身份，要求停機，再加上和阿祖的衝突，成功令三位拿出認真態度去面對這個「似真似假」的衝突。正如 AK 所説，其實整個過程他也有懷疑是不是被整，但看到後面工作人員的微小動作，又覺得如果不小心去處理可能只會火上加油。

阿祖在開始前問其他九位鏡仔，認為他們會如何處理。包括阿祖，他們對 Frankie 的估計是相當準確，反而對於 AK 的情況則有少少意料之外：AK 並沒有如他們所料變得浮躁，反而能夠保持冷靜去道歉。

AK 的衝動性格，自從頒獎禮之後，基本上都成為了眾人對他的標籤。自然，他很留意自己的負面情緒——尤其是遇上自己不順心的情況。至於 Frankie，縱然訪問時他清楚自己不太會主動出聲，但他沒有意識到的是，這次的衝突環境就是一個大家希望他能夠主動説話的時機。Alton 放在這二人當中，可以説是一個很好的比較，讓 Frankie 看到即使問題不是出在隊友身上，依然可以挺身而出解決問題。

在這次的事件中，給 MIRROR 的反思是，其實 AK 在意識到的情況下，他是能好好控制自己的衝動。正如他們下一天處理的梅窩事件，就可以看得出 AK 在思考過後，能夠很成熟地和粉絲溝通問題，或者 AK 並不是不懂與人相處，只是當下的情緒會容易驅使自己先一步行動。由這個事件看來，他已經從頒獎禮中吸取了經驗，知道該如何控制自己的反應。

至於 Frankie，這個經驗正正讓他發現自己在主動性上的盲點。阿祖有一個非常巧妙的安排，就是安插了 Alton 和他們兩個一起工作。不禁令人聯想，為甚麼偏偏要放置 Alton？

如果說放其他成員（如姜濤）會怕被人認出，大可只安排皮皮和 AK 兩人一起工作。我在這裡大膽推測，是因為 Alton 的主動性可以給皮皮反思一下，同樣不是隊長，他們在面對同樣情況時為何會有一個這樣的差異？以一個 Role-model 來讓另外兩人看到，在同樣的情況，其實我們絕對可以有不同選擇。

下放權力讓其發揮

說到調教營，不得不說是它的「梅窩事件」。

在調教營的第二天，因為粉絲湧進梅窩跟著偶像拍攝，導致他們的行程因為粉絲的影響而無法如期進行。經過一段困在餐室無法活動的時間後，阿祖跟他們十二子逐一商量過如何處理後，決定讓十二子自行商討怎樣處理粉絲私追的問題。經過一輪商討後，十二子決定一起出去跟粉絲說清楚。由隊長 Lokman 和副隊長 AK 先開口，再由「梅窩隊長」姜濤作結，向粉絲的私追行動說「不」。

這個事件是一個很好的例子，讓我們看到如何透過委任（Delegation）來讓團隊學習面對自身問題。委任（Delegation）意思是將工作責任交出，給予成員責任，去決定以前由上級決定的事情。有效的委任能夠令團隊的效率增加，因為他們那些本應由上級決定的事情，都能夠透過他們自身去解決。不過這裡的委任並不單止是他們將「要求粉絲離開」這件事情，由工作人員的手交到他們身上，而是讓他們自己去溝通，並決定如何解決這個問題。

這個過程絕不容易，可以想像得到，平常由經理人或工作人員作為「中間人」處理的問題，一下子交到他們手上絕對有一定風險。不像上文所說的麵包店測試，當刻的他們是無法預計粉絲會如何反應。但正如他們一路上總會不停出現各種新問題，團隊始終都要學曉如何解決，於是乎這個事件便成為一個好機會，讓他們初作嘗試。委任之所以能讓成員成長，正是因為當中他們要自己承擔責任，但如何在承擔責任又管理好風險，就是學問所在了。

至於阿祖是怎樣處理呢？我們可以從中窺見一二：

1. 先單獨了解意願：在讓團隊自行溝通前，阿祖先跟每一個人個別了解，他們是否贊成跟粉絲去講，得到眾人同意才讓他們自行討論如何去講。從第6集的內容可以發現，他們對於其他成員對私追的看法是一個衝突的來源。阿祖在讓他們討論前先初步了解看法，一定程度避免了成員在「是否贊成粉絲離去」的議題上發生爭執。

2. 讓他們自行討論做法：意願決定了，便讓成員自行討論怎樣跟粉絲交待。在討論過程中，十二子便可以自行去實驗，怎樣理解其他成員的想法和取得共識。

3. 向花姐交待：在出去前，阿祖特意向花姐交待處理方式，為他們的處理做個保險。

從結果來看，這個委任的經驗或者未必是最理想的處理手法。的確有一部分人因為姜濤當下的說話而不滿，但對於他們來說，絕對是一個寶貴的成功經驗，去了解怎樣處理和粉絲之間的問題。

MIRROR 給我們的反思

為甚麼 MIRROR 要在密鑼緊鼓準備演唱會時，抽出十二天去梅窩？為何明知可能會得罪粉絲，都要親口向他們提出私追問題，去讓他們「放下偶包，重新出發」？從 MIRROR 在九展演唱會中的「畢業作品」看來，這個「節目」為他們打開了團隊中更大的 Arena，讓他們更認識彼此。

話雖如此，「調教」往往不是一蹴而成的，MIRROR 的將來也一直會有更多不同的挑戰，像是 2022 年紅館演唱會，一系列的安排讓他們的粉絲受到前所未有的挫折，有部分鏡粉更因此憤而「脫坑」。如何在新挑戰下繼續走上更大的舞台，是他們繼續要解決的課題。但願調教營解開了的一些「結」，能幫助他們走得更遠。

在我們的學業、工作中，也不斷有著過和不同人合作的經驗。即使我們的

YouTube Channel，也是靠著諸位的努力，才有今天小小的成績。我們該怎樣合作，怎樣面對衝突，是一生的課題。《調教你 MIRROR》展現出，一個團隊之間即使有不同的問題，只要隊員之間齊心面對，其實也能夠拆解。不論大家曾有怎樣的矛盾，倘若大家都有著共同目標，願意與戰友一起面對，相信再大的難關也能一起跨過。

2.2 ERROR如何令觀眾「笑中帶淚」？

「如果MIRROR是奇跡，ERROR就是神跡。」遊學修在ERROR的《人到中年口不擇言》ERROR道歉招待會2019中說的這一句，道出了這個現象有多麼「奇」。MIRROR在這個時代能爆紅，已經是件不容易的事，相關原因已在上述文章討論過。ERROR相較之下，走的是與他們完全不同的「搞笑」路線，何以也能闖出自己的一片天？

「搞笑」背後的心理學

人在甚麼時候會覺得幽默？心理學中的良性侵略（Benign Violation）或者可以提供一個解釋[7]。幽默背後藏著兩個元素：第一是要有一個具侵略或者違反常規的事件（Violation），例如我們取笑別人的時候，會帶有一點「揶揄」，甚至有一種「攻擊」他人缺點的意味。不過，玩笑要幽默，其中一個關鍵就是不能「玩過火」。有時候我們和別人説笑的時候，不小心戳到他人的痛處，可能會觸怒別人呢！所以另一個關於幽默的重點，就是要良性（Benign），即是當「反常」的事情出現時，它要令人覺得是安全且可以接受，這樣才能製造出幽默的感覺。

從戲內戲外都一反常態

不難發現，ERROR 做的事情可謂充滿「違反常規」的地方，他們的出道影片，是成員 193 到友台 TVB 門前要求「做明星」；到了《花姐 ERROR 遊》，除了電視節目各種常見的挑戰外，更有訪問 AV 女優和「昆蟲料理」等尋常電視節目未必會看到的環節。不得不提的是，他們最一反常態的，就是面對記者採訪時依舊發揮「搞笑」本色。

保錡因為桃色糾紛而被「雪藏」，ERROR 另外三子就將一動也不動的保錡搬出來（真的如字面意思那樣，將他用手推車搬出來），就這樣放他在一旁站著，由其他三子代為回答。

193 則在記者會上連環發功，譏諷友台「40 幾歲仲話後生仔傾下計」、「收視點那幾百部電視機我們不會理」，四子甚至在 MakerVille 品牌發佈會上說，因為太多人問有沒有 MIRROR 演唱會門票而弄得自己「氣能線」（用普通話讀出就明白了）。ERROR，由名字已經看見，他們的行徑有多「一反常態」了。

用熱情營造良性

雖然說違反常態能夠引起觀眾注意，不過倘若沒能製造「良性」的感覺，恐怕會讓人覺得，他們只是在嘩眾取寵。然而，為何他們能博得大眾的歡心？

我認為，他們的「良性」，是由他們對演藝事業的熱情所形成的。不論是《全民造星》抑或〈ERROR 自肥企畫〉，ERROR 四子都在不同的場合中說過他們的「明星夢」：不單止是帶歡樂給觀眾，而是在演藝路上不斷求進步，創作更好的作品予觀眾。

不論是保錡的音樂夢，抑或阿 Dee 努力想成為一個電影演員，都讓觀眾感受到他們在螢光幕前所做的一切，是希望通過認真做好自己作為諧星的工作，讓更多人認識到自己，從而令自己的演藝夢得以實現。故此，當觀眾看到他們在「食蟲」或在記者會上大放厥詞，便會明白到他們都並非只想「出位」，而是在為著自己理想，認真把握好手上有的每一個機會，讓人看到自己的努力。我們經常説的「笑中帶淚」，不就是我們在被他們逗笑了的同時，也被他們背後那份努力所感動嗎？

電視給我們的反思

若果你有得選，你想成為 MIRROR 還是 ERROR？

這個問題我想各有支持者（又或者你根本不想成為他們），不過在夢想路途上，每個人走的路都可以很不一樣。未必每一個人都能夠有想擁有的機會；也並非所有人都會欣賞自己的表現和成績。

無疑，ERROR 沒有 MIRROR 那樣「偶像」的外型，理所當然地，歌影視機會也許沒來得那麼容易。不過，他們卻為我們展示出另一條達成夢想的路。即使沒有亮麗外表，也可以依靠自身所長（搞笑），令大眾知道自己肯努力做好事、有著夢想。

有時候，即使我們這一刻未能達成自己理想，不代表我們只能聽天由命，即使自己的機會未到來，我們都可以先努力做好自己擁有的機會。可能現在你做得好的事情，會感動某些人去幫助你達成夢想呢！

2.3 參加《造星》背後要具備甚麼心態？（ft. 肥豐@全民造星Ⅱ）

《調教你男友》、《1 TAKE 過》、《賭命夫妻》……近年 ViuTV 有很多不同的實況娛樂（真人 Show）。而當中又以選秀節目居多，包括大家熟悉的《全民造星》、探討美為何物的《造美人》、甚至有讓一眾「神徒」（Anson Lo 粉絲的別稱）參與的《神的女主角》等等。

其中一個我有幸參與其中的節目叫《我不是廢老》。節目為了探討何謂「廢老」，請來了幾位有特長的老人家，在節目中學習新技能，並且於決賽時，在螢幕前一展所長。

喜愛看電視的人，有否想過自己有天也能站在廣大觀眾前一展所長呢？要將自己的一切好醜在螢幕前展現出來，即使自問有點天賦表演，當面對大眾時，還是有種怯場感。到底心態上我們該如何自處？有見及此，我訪問了〈全民造星Ⅱ〉的56號參賽者「肥豐」（劉兆豐，曾參演《瘋火與膠七》及《1 TAKE 過》

等節目），分享他以過來人身份在造星中的心態變化。或者我們也可以從中看到，到底在面對挑戰時，我們該有何種心態？

專訪《全民造星II》參賽者肥豐

我：「你認為參加《全民造星》需要有甚麼準備？」

豐：「首先硬件要準備好，懂得唱歌、跳舞和演戲，不是懂少少就去玩。而且更重要的是要看自己心態，玩呢個比賽需要很強大的心臟。」

我：「很強大的心臟，是因為要面對七百萬個觀眾嗎？」

豐：「不僅如此，另一個原因是在這個節目中實在太多問題要解決。例如有一場自選項目，我們想做一個特務情節去偷一個遙控器，本身想借煙機但借不到，我們便另覓他法，結果我就向隊友提議：不如用尼龍繩當作紅外線激光？雖然看上去未必是最真實，但放在一個「惡搞」的項目上又未嘗不何，諸如此類的問題，在籌備節目的過程中會不斷出現，構思節目也好，準備道具服裝也好，你只能夠不斷想辦法解決。其實不只是選秀，我認為所有事情都可以用這個思維去解決，工作也好，和家人、女朋友溝通也好，很多人覺得『分手呀，我要死啦』。不用死的，想辦法去解決不就行了嗎？我認為我不是一個特別『叻』的人，只是我每次遇到問題時，我肯去解決，例如自己沒有記性的，那就解決它。用紙寫下來也好，怎樣也好，總之找辦法將它記下來。」

我：「的確如此。自選項目完全由自己決定，可能自己有一個很好的點子，但要實行，卻有千千萬萬個問題要解決。你認為可以怎樣培養出這個解決問題的心態？」

豐：「嘗試用多個角度去看問題可以怎樣解決。試試聽多點不同意見，用多點不同方法，不要那麼容易放棄。」

我：「我很認同聽多點不同意見這一點，有時候當自己一股熱血去做一件自己很有熱誠的事，自己認為很完美，但可能其他人並不是這樣看。這種情況在選秀節目中更是被放大一百倍，不單單要讓評審直接批評，更要承受廣大觀眾的評論，你是怎樣看的？」

豐：「娛樂圈就是這樣，你甚麼時候都會被人攻擊。我覺得不要太容易因為別人說了兩句就喪失意志，覺得別人是想「踩」你，或者他們說的也是一種激勵。有時候多聽別人意見，因為別人說自己是有原因的，我很慶幸花姐當年很不喜歡我，我覺得她肯鬧我是我的榮幸，因為她仍然覺得我有得救。如果別人連說都不說你的話，那就應該好好反省一下為甚麼會這樣了。」

我：「的而且確，先別說娛樂圈，很多人都說工作就是『識人好過識字』，得到別人看重自己才有多點機會。那你認為我們需要特別討好別人嗎？」

豐：「真誠才是最重要，你本質是怎樣觀眾和別人是看得出來的。以前我們在龍虎武師時大家私底下很粗豪，但當一對客戶的時候就變得客客氣氣，我認為這太虛偽了。如果你是尊重別人的，你無論甚麼時候也能表現出那種態度。有很多人會在想要和甚麼人有怎樣的關係，其實不用的，只要做好自己就夠了。」

造星背後需要的是成長心態

肥豐的分享，反映了心理學近年一個很重要的概念——成長心態（Growth Mindset）。

史丹福大學心理學教授 Carol Dweck 發現人對於自己的能力有兩種不同的心態，分別是定型心態以及成長心態[8]。定型心態（Fixed Mindset）的人認為自己的才能，包括智商、社交能力等等，都是無辦法被改變的。一個人要麼有天分，要麼沒有，每個人的優劣之處早已被注定。

《造星》節目中經常出現的一句評論，「Dancer 唱歌，注定坎坷」，就是一個 Fixed Mindset 例子：Dancer 專長於跳舞，注定沒法在唱歌上表現得好。抱有 Fixed Mindset 的人會傾向做回自己過往擅長的領域，對於自己較陌生的領域，他們則未必太想去挑戰，因為他們認為自己的能力已經設定好。貿貿然去試新事物，只會令自己出醜。

你有想過參加電視節目一展所長嗎？相信不少人也曾經有過這樣一個「電視夢」，可是當機會來臨的時候，你有否因為害怕自己在銀幕前「出醜」而退縮？有否懷疑過自己不是「上電視的料子」，縱然心中有所渴望但仍然決定作罷？如果你腦海中浮現出這樣的情況，也許 Fixed Mindset 正限制了你發現自己可能性的機會呢！

相反，在成長心態（Growth Mindset）下的人則抱持另一種想法，他們認為一個人的才能是可以培養的。縱然人出生時個人的特質有所不同，卻能透過努力和累積經驗去改變自己。自身能力的高低並不在於自己天生的特質，而是在那個範疇上的學習有多少。故此，對 Growth Mindset 的人來說，Dancer 唱歌不一定注定坎坷，只是他們在唱歌方面尚未好好培育而已。在跳舞方面，Dancer 之所以有相當好的功架，也不是因為他們天生在這方面比較強，而是他們日夜努力去練習才有的結果。

如果有天你想突破自己去參加實況節目，但又怕自己會大出洋相，不如換個想法，我可以做甚麼來把自己「預備好」？如果擔心的是自己的表演項目「未夠班」，我可以怎樣令自己的項目好看，例如找一些有經驗的人來給意見？也許現在的你未能夠做得到，但這並不代表你永遠做不好，只要多想方法，把問題逐一解決，總能夠突破自己。

另一個 Fixed Mindset 會令人害怕嘗試新事物的原因，是把自己的能力和自尊掛勾了。當我們去嘗試但挑戰失敗時，我們會因而覺得這是自己能力不足的問題，腦海會不自覺出現「我真不行」、「我是個失敗者」、「我比下去了」等等的聲音。這一種「失敗」的感受令人覺得沮喪，更會引起自我懷疑，影響一個人的自尊心。肥豐所說的「被別人說了兩句」便喪失意志就是一例，不論在節目中還是現實，別人總會對我們的表現作出批評，把我們不足的地方赤裸裸地反映出來。殘酷的是，有時候的確會有一些我們一直沒有注意到的盲點，讓我們發現自己並不如自己想像般「完美」。

這也是真人騷會令人卻步的原因，就當你有能力入圍，節目內容經常都有一些殊不簡單的挑戰。無論是《全民造星》要求的跳唱和自選項目，抑或是《造美人》中的運動目標，通通都是令人咋舌的項目。從節目角度來看，也許正正因為這些項目對參賽者來說毫不容易，才令觀眾有追看下去的動力。還記得在《我不是廢老》時，一班老人家在知道自己將要學習花式足球、Rap、街舞等項目時，一個個老人家都在問：我真的有能力做到嗎？面對陌生的挑戰時，人總是會一再懷疑自己有沒有能力學習到。

在學習新技能時，或者我們都應該心中有數，即使自己第一次做的時候未成功也是很正常，因為在沒有任何經驗的情況下，失敗實屬正常。Growth Mindset 相對上來說沒有那麼在意「失敗」，因為他們相信，表現是一個人的學習和經驗累積而成。「成功」不是反映自己多有才幹，而是自己努力的肯定。雖然本身的資質一定有影響，但透過努力，最起碼自己可以做得比昨日好。

別想太多 Just do it

當我們打開社交媒體，總會發現種種 Fixed Mindset 的想法。

「窮人生仔一定唔會發達」、「你的樣子如何」、「三十歲要月入幾多先叫正常」……這些想法和比較，總會不知不覺間讓我們定型了自己。認定了自己能做到甚麼，不能做到甚麼。可是這些所謂大眾認同的想法，真的正確無誤嗎？若然我們選擇了相信，便可能因此放棄努力，挑戰一些世俗都認為我們「做不到」的目標。

不論你是不是想參加選秀，成長心態都是我們生活中應有的。在生活的大大小小的挑戰中，我們何嘗不是每天都面對新的挑戰？可能有時候我們看到別人在當下會把技能掌握得較好，但這並不代表我們就做不了。只要自己堅持繼續學習，進步絕對可以讓別人刮目相看。享受自己不斷學習和成長的過程，才能在新環境下掌握得更加多。

2.4 從《造美人》到《肥美人》中看社會價值觀轉變

要說 ViuTV 另一個實況娛樂的特色，就是它一直在探討社會的刻板印象（Stereotyping）。

第一個研究刻板印象的，是開台不久的《對不起 標籤你》，節目邀請社會上擁有不同標籤的人，如：MK、內地人、LGBT 人士等等，到節目中大談他們對標籤的看法，甚至乎在一些真人 Show 比賽如《造美人》和《肥美人》等，也將焦點放在一些社會上不被看好的小眾身上。不得不佩服節目將鎂光燈打在這些群眾身上，卻仍然受到觀眾的歡迎。

這些節目能引起社會討論，背後所牽涉的，是我們對其他人的偏誤（Bias）。

甚麼是偏誤？

偏誤指的是我們因為別人某些特徵而出現的一些偏差了的看法。我們的生活經驗和周遭的環境，為我們形成種種不同的思考捷徑（Heuristic Thinking）。這些思考捷徑的出現，是為了令我們能對他人或者環境快速作出判斷，省卻我們深思每一件事情要花費的能量。

例如當我們看到一個身型肥胖的人，就會覺得他是個不喜歡運動，還是個懶惰的人。這些思考捷徑能幫助我們更快在生活中作出決定，並使我們做出一些即時的判斷：假設你深夜在一條幽暗的小徑中獨自回家時，你發現背後好像有人偷偷跟著你……你會回頭去看看對方是誰嗎？我想你會跟大多數人一樣，加快腳步盡快離去就算。

這一種的思考模式，雖然能令我們即時作出相應的判斷，但有時候會令我們判斷錯誤。當我們看到一個肥胖的人，我們會以為他不擅長運動；當我們看到一個在 Instagram 貼滿自己到酒店享受英式下午茶的女生，我們會覺得她「拜金」，甚至乎會貼上「女神」、「收兵」、「X大冇腦」等標籤。但事實上又是否真的如此？

若任由我們的偏誤在生活中出現，恐怕會為我們帶來很多的誤會和不快。我們經常說的「你的樣子如何，你的日子也必如何」，在心理學上被稱為魅力偏見

（Physical Attractiveness Bias），人們會因為對方的樣貌而覺得他們擁有各種正面的特質，例如覺得他們更樂於助人、善良、聰明，更加成功等等。研究發現，外表普通的人比起外表醜陋的人，平均多賺 5–10% 的薪金，而外表美麗的人又比起外表普通的人賺得更多[9]。背後的原因也許是相貌會導致其他人與他們的相處有不一樣的行為，對於我們更偏好的俊男美女，我們行為上也會更偏好他們。

然而社會上我們偏好的，不止是長相，我們還會偏好於自己所屬的群體，稱為「群體偏見」（In-Group / Out-Group Bias），我們會覺得自己所屬群組（In Group）更加優越於其他的群組（Out Group），並不自覺地將自己所屬的群體和其他群體作比較。不難想像，在社交媒體發達的現在，這種群體間的比較就變得更加明顯。而屬於「小眾」的群組，也會被加上各種的標籤，令身邊人對他們有著很多負面的想法。

ViuTV 的節目為甚麼能成功？

牽涉到「小眾」的題材是十分容易惹起公關災難的，因為一不小心惹起該群體的不滿，就會使得大眾群起而攻之。相反，過分美化又會被認為是太過虛偽。到底 ViuTV 是怎樣走在這條鋼線上的呢？

1. 了解「小眾」的平權意識

近年，無論是荷里活還是本土，都對小眾如 LGBT、少數族裔等人士有較多的關注。這一個世代價值觀上的改變，令人普遍對平權的接納度比過往更加高[10]。隨著支持 LGBT 的人與日俱增。這一種價值觀令觀眾能夠更接受得到聚光於小眾的節目。

2. 用「實況」來開放討論

雖然對於小眾平權的意識是提高了，可是大眾對此的看法卻也不盡相同，因為對於何謂「平權」，大家的看法也莫衷一是，是不是要大眾和小眾都擁有完全相同的對待和看法？現實看起來這不太可能，始終各個群體擁有他們自己的特色和偏好，並不代表適用於大眾的就可以用於小眾。

舉例來說，女性會因為「父權社會」而失去一些她們該有的權利，但是也有反對聲音指出，她們在享有「性別平等」時的權利，卻迴避了男性在當中的責任，譏諷這個現象為「女權自助餐」。女權擁護者也對這些批評很敏感，結果釀成網路上一場又一場的罵戰。

這些議題，著實沒有一個確實的答案，因為雙方都有自己的聲音和角度，實況娛樂就將這件事放上檯面：將參加者的故事和想法在電視機前展現出來，讓觀眾自行判斷和衡量這些群體是怎樣。

3. 與別不同的參賽者

2019 年一份關於解決偏誤的研究指出，其中一個較有效的解決方法是透過展現與刻板印象相反的例子（Exposure To Counter-stereotypical Exemplars），令觀眾對該族群產生不一樣的看法[11]。在一些節目中，不時找來一些令人大開眼界的例子，例如在《肥美人》中身型肥胖但能跳鋼管舞的參賽者、《我不是廢老》中年過花甲卻能跳出高難度雜技動作的阿輝。這些例子都在挑戰觀眾對該族群的既有印象。

鋌而走險的新興節目

ViuTV 的真人騷能夠在市場嶄露頭角，是它對觀眾心態的巧妙捕捉：用偏誤引起大眾的好奇，在節目中把握大眾對於「小眾」的意識，再引入相反例子突破觀眾對他們既有的認知，抓著觀眾的眼球。透過鏡頭呈現出社會偏誤和當代價值，自然能引起觀眾注目和討論。

不過，雖然這類較「左派」的社會議題能合符部分新一代觀眾的價值觀，但並不代表這就是成功方程式。

Netflix 在 2022 年初流失20萬訂閱用戶，被 Elon Musk 歸咎於「覺醒心靈病毒（Work Mind Virus）」，反映出一部分觀眾並不滿足於過分側重平權等等「政治正確」的議題。固然，不論是何種國籍、身型、性向、年齡或任何特質，在多元社會每個人也應該被尊重，這也是我從 ViuTV 這類實況節目中看到它帶出的正面效果。不過，到底要如何在保有這一種正面訊息的同時又帶有娛樂效果，且看 ViuTV 和 MakerVille 在未來如何好好發揮了。

電視給我們的啟示

你有察覺到香港人怎樣看待「偏見」這回事嗎？

偏見存在於我們每一個人當中，早前國際知名影星 Amber Heard 和 Johnny Depp 的官司中，國外不少觀眾在審判未完之前已「未審先判」，為他們支持的偶像站邊，不就是一個好例子嗎？當我們帶著偏見和標籤去看他人的時候，著實對他人是很不公平的。

雖然我們沒有辦法完全抹除它，不過我們卻可以加以留意，令自己不會被偏見左右看法。當你和你的下屬、同學或伴侶相處時，會不會不因為對他們的既定印象，以致他們只要稍有差池就使得你大發雷霆？我有一位朋友，他平時做事認真，但總會在串字、文法上出現紕漏，令老闆對他有種做事「不細心」的感覺。有一次，當朋友擔任一個新項目的負責人，因為對工作內容不熟悉，朋友花了大量時間去鑽研，並再三檢查留意自己有否出錯。可是不幸運地，因為客戶的方針改變，令項目不獲接納，當他老闆得知時，第一時間就質疑朋友是不是又「不細心」而導致客戶不滿，令他感到十分委屈。

下一次我們判斷他人的時候，問一問自己，是甚麼令自己這樣覺得？自己的根據又有多大程度是可靠的？只要多留意偏見，不單止可以減少人際交流上的誤會，也能作出更準確理性的判斷。

2.5 Ianson、姜 son、Jerdan……為甚麼大家喜歡「嗑 CP」

追星有一個很有趣的現像，稱為「嗑 CP」。

CP，來自 Couple 這個字，是粉絲把一對偶像在腦海中「撮合」起來。早於韓國的偶像組合團體已有這樣的做法。這些 CP，不一定是傳統的男女配對，更多時候是將偶像團體中的兩個男性或女性成員合起來，例如 MIRROR 中就有姜濤和 Anson Lo 的「姜 son CP」、「Jerdan」（Jeremy 和 Edan）、「Ianson」（Ian 和 AK）等等。女團 COLLAR 中，也有兩位成員 Candy 和 Ivy 組成的 Canvy CP。

粉絲對 CP 的幻想和追求，有時候甚至不亞於對偶像本人的追求，甚至他們也會製作專屬 CP 的應援物。有時候這些 CP 的火紅程度，甚至乎會影響官方或廣告商為他們做的安排，為 CP 二人準備他們專屬的節目。問題是，甚麼原因令人如此熱衷於「嗑 CP 呢」呢？

拒絕性別定型

「教主尷尷尬尬樣好可愛」「登神合體好有愛」……因著《大叔的愛》一劇，Anson Lo 對 Edan 在浴室的一吻，令「登神 CP」（指 Anson Lo 和 Edan）不脛而走。

對於男男 CP 的渴求，在日本 BL（Boy Love）文化中早已頻繁出現。「腐女」除了愛看 BL 劇集和作品外，更會將不少作品中的男男配對在一起，幻想他們有某些曖昧故事在背後。這一種情況也會在偶像團體中出現，當粉絲看到偶像有一些疑似曖昧的對話和活動時，便會幻想他們當中有些感情瓜葛在內。

相信大部份觀眾並不會真的相信他們倆有甚麼親密感情在背後，但為何他們卻如此享受「FF」偶像的關係？原因相當之複雜，研究發掘出的原因也五花八門，不過都和讀者自身的背景有關聯。除了欣賞一般愛情作品中的「純愛」感動之外，「CP」也能讓她們用一個旁觀者的角度，欣賞兩個美男或兩個美女之間的美好愛情，而不需將自己代進。另一方面，這也關係到男女間對性別的看法，對於傳統的刻板性別印象，也是其中一個使得觀眾愛看同性關係的原因[12]。

對友情的追求

「你們要好好的直到永遠！」「好感激 AK 一直咁真心真意對 Ian」「真心覺得好感動，有一個咁好既兄弟喺身邊，一直陪伴住自己經歷沿途高低，是一份幾生修來既福氣」……打開 YouTube 和 Instagram，會發現粉絲對偶像 CP 的 Comments，並不局限於愛情的幻想，也有對友情的欣賞。

人作為群居生物，友誼可謂是生活的必需品。不過，我們除了可以從真實生活當中感受到友誼，另一方面我們也可以從觀察他人的友誼中，感到友誼的存在。我們的鏡像神經元（Mirror Neurons）使我們在觀察他人的表現和行為時，也能夠感同身受。當我們看到偶像團體成員之間的互動時，他們當中的信賴、為對方擔憂，或在路上扶持對方，不也是我們在日常生活中希望得到的理想友誼嗎？

當我們在網路上看到友好的二人互相關心和支持對方，也許我們在不知不覺間，也想擁有這樣的友情呢！

MIRROR 給我們的反思

有問過自己為甚麼愛「嗑 CP」嗎？

隨著大家重新聚焦本土娛樂，對於明星的演唱會也有一個很奇異的現像：觀眾對於誰誰誰會成為演唱會嘉賓，經常都作出一番討論，甚至乎會在事前競猜（或流出）演唱會的嘉賓列表。最經典莫過於張敬軒 The Next 20 演唱會，26 場一共邀請了58位嘉賓，成為紅館史上最多嘉賓的一次。王苑之的「情信」，柳應廷送上「酷愛」唱片，每天的嘉賓成為一眾粉絲和樂迷的熱話。其中最令人印象深刻的，是事前有人誤傳姜濤會成為嘉賓之一，被當事人公開表示是「Fake News」，可是幾日後張敬軒卻「將錯就錯」，邀請姜濤成為嘉賓之一。

就像「嗑 CP」一樣，這也是對於明星人際關係一種仰望和欣賞。因著社交網絡的發達，我們有更多機會了解他們的生活以及和其他人的互動，一段段令人可歌可泣的關係，的確為我們帶來種種感動。可是，我們又有否想過，我們渴求這些關係背後的原因是甚麼？是彌補我們心中沒有這些關係的那種缺失？還是因為害怕在真實的關係中受傷害？當我們去嗑著一對對的 CP 時，不妨也反思一下，自己在當中祈求些甚麼？也許能幫助我們了解自己多一點。

2.6 「二次創作」到底紅在哪裡？（夜曲@心理學渣）

早在 ViuTV 節目《ERROR 自肥企劃》播放前，改編自日本國民級動畫《新世紀福音戰士》的主題曲〈残酷な天使のテーゼ〉在網絡先行播出，一句「係咁OT我畀埋條命你好冇」令一眾網民拍案叫絕。在眾多互聯網資訊爆發的時代下，「惡搞」成為家常便飯，而這一個作品更是將惡搞搬上電視。到底惡搞為甚麼這麼受歡迎？

何謂「惡搞」？

我們常聽見的「惡搞」，是一種二次創作的方法。所謂的二次創作，指的是使用本來已有的作品，將當中部分甚至全部的內容再創作，從而產生出新內容。最常見的例子就是動漫遊戲界中的同人展，或是改詞翻唱各種流行曲的「高登音樂台」等等。

而惡搞，則是指對某一主題加以改造，從而建構出喜劇效果的一種娛樂行為。當中有以下的效果：「顛覆他人的原創作品」，例如將作品「重拍」，加入自己的看法；「改變作品中的細節」，例如不理會原影片的內容，配上嘲諷的字幕；「使用嘲諷和幽默達到令人感到愉悅和輕鬆」，例如歌手用改過的歌詞演繹歌曲，並以此嘲笑社會上的傳聞和現象。

實際上，為了達到上述的三種目的，惡搞本身存在多種不同的方式，於香港中最常出現的方式有改圖、改歌、短劇、吐糟和戲劇模仿等等的方法，透過不同形式去幽默地面對事件和現象。早在2006年，便有人在YouTube上載一段名為「新白雪公主」的影片，將白雪公主的卡通重新配音，揶揄歌手鄭欣宜於迪士尼樂園開幕節目扮演白雪公主。

及後有為數不少的惡搞作品，例如將歌手洪卓立歌曲主唱的〈彌敦道〉改成〈陰陽路〉；以蘇永康〈那誰〉改詞的〈而我不知道陳偉霆是誰〉等等。隨著惡搞行為的流行，它從Facebook、Instagram、YouTube和網絡討論區等社交媒體，慢慢滲透到主流電視台和媒體，甚至由原作者和事件中當事人一同創作或重新演繹惡搞作品。從較早時期的高登、連登對各種流行、節日音樂進行改詞（改編〈活著 VIVA〉的〈活佛 VIVA〉、〈希特勒的最後十二夜〉被改成〈Cut 唔到有線〉的配音影片），到現在會邀請作品的原作者和當事人一同創作或是重新演繹惡搞作品。2016 年洪卓立便親自重新 Cover〈陰陽路〉；2022 年新年鄭欣宜更在 ViuTV 節目〈七福星〉中「三創」當年的「新白雪公主」，幽自己一默。這都是一步步地擴大作品的擴散程度，從而使更多的受眾接觸得到。

那為何惡搞會如此受到廣大群眾的受落，甚至融入廣大市民的生活？其實這都能夠從心理學中的理論裡找到依據和部份的解釋。

「惡搞」作品更易讓人記住

惡搞生成的作品能夠廣大傳播、吸引和為人所用，正是因為惡搞創作中的作品會令人記憶深刻。Rogers、Kuiper 和 Kirker 的心理學研究指出，人在記憶的時候，有一種特別的情況稱為「自我參照效應」（Self-reference Effect）[13]，即是當人們在接觸資訊，大腦在編碼（Encoding）記憶時，如果該資訊和自身有關聯，這類記憶則會較別的記憶更容易記起。

例如在試當真的改編歌曲〈哪裡只塞駿業里〉中，便是透過模仿原曲MV在觀塘大街小巷的環境，嘲弄觀塘上班時非常擁擠的現象。當觀眾看到作品的時候，特別是有在觀塘上班的人，都會馬上想起自身的經歷，達致「會心一笑」的效果。

除此之外，研究也發現了雙關語和幽默在場景中出現，能夠使無意記憶，即是一些我們不是刻意去記著的事物，更容易被記起來[14]。而較為常見手法就是直接使用迷因圖（Meme）來對話，當別人看到這一張圖時，自然就會心領神會，例如「黑人問號」、「Seed呢」、「老人茶杯圖」。同時，網民也能使用帶有文字的影片截圖回文，引起「點解呢張圖有聲（為何這張圖有聲音）」的效果。

結合上述兩者的論述來看，惡搞創作之下所創作出來的各種作品，因為當中多數為經典的多媒體作品，因此都帶有琅琅上口的歌詞，例如：〈愛是永恆〉被改編作〈亞視永恆〉、〈哪裡只得我共你〉被改作〈哪裡只得駿業里〉；或是令人深刻的橋段，即使是原創作品對日常現象的嘲諷，亦多帶有重覆性多且易於記憶的語句，例如〈活著 VIVA〉的歌詞「年輕得碰著誰亦像威化般乾脆」，被改成「肥仔一跌落渠就連部單車都失去」，又如早年 100 毛惡搞女子唱跳組合 FFx 的 MV〈Suger Baby〉，組成男子組合「FF 的 s」演出惡搞 MV〈羞家 Baby〉，不論組合名「FFx」和「FF 的 s」和曲名中的「Suger」和「羞家」都發音近似，而 MV 當中各部份也著力仿照原曲風格拍攝，並且歌詞亦試圖使用幽默的方法去諷刺各種社會事件，從而受到瘋傳。同時，被「幽了一默」的太多都是社會大眾一同經歷的事件、現像和生活經驗，大家在看到作品之時，不多不少也會聯想到自己在經歷這些時的經驗，從而使作品和自己聯繫了起來，並且也因為當中的幽默笑話，提升了對整個作品的記憶程度。

「共同注意」加強共鳴

惡搞除了令人深刻地記得和傳播外，它還創造了共同的感受。

當群眾注意一個特別的點，並且有多人同時觀看和轉發，就會令群眾更易記得和認同影片中的方向，而這個影響被稱為「共同注意」（Shared attention）[15]。

同時，也有作品因為被選為二創的素材，使當中的全部或部分內容被給予另一個意義，其中的表表者則屬《希特勒的最後十二夜》，在戰情室中希特勒對下屬激動大罵的片段，被配上無數嘲諷性的字幕，內容從吐糟遊戲內容到社會局勢都有。

惡搞把互不相識的人們連結在一起，一同被作品中的話語影響感受和看法。一些「流行語」就是如此生成，變為特定情況和感情的代名詞，後續的感受也影響了眾人對於事件的感受和看法，因而廣為傳播，化成一種特別的溝通模式，延續下去。

另一個較為有名的例子就是「肥仔踩單車——香港海底奇兵」事件，該片主角在暴雨之後的及腰積水中說出一句：「海底奇兵」後，隨即撲倒在水中，口中一句：「唉！濕L晒！X！唔L驚！」即廣受網絡傳播，及後被「高登音樂台」用〈活著 VIVA〉改編為〈海底奇兵〉，數月後又被「HK Showergel」用〈衝上雲霄II〉主題曲改編成〈沖上渠邊〉。兩首曲不約而同地將「唉！濕L晒！X！唔L驚！」剪入 MV 當中或是直接用在改編的歌詞中。而在原片和兩部 MV 傳播後，「唉！濕L晒！X！唔L驚！」就成了既定句型，並成為網上留言時，作為面對逆境時的流行語。

較近期的例子如試當真重拍電影《天能》的《寫實的天能》，複製原作電影的場景，利用當中「倒轉時間」的概念，去表達對社會局面的看法，同時也傳達了「不要試圖改變已發生的事」和「努力面對未來」的想法，使網上的觀眾在努力搞明白影片情節的過程中，感到共鳴和激勵。

用「換框」帶出另一角度

除了令人記得和有共鳴外，「惡搞」有時候還帶有一個正面的影響，就是它以「換框」手法為事情帶來另一個面向的詮釋。

心理學中，「換框」指的是當我們面對一個事件和情感時，可以透過使用不同言詞和表達方法，給予事件和原有經典作品另一重的意義，並使當中所帶的情緒出現從負面到正面的轉化效果，從苦中作樂中以另一角度看待事情[16]。

因為上述的效應，受眾在接觸惡搞作品時，便會有一種破涕為笑的感受。當中較為有名和近期的例子，是藝人組合 ERROR 中的成員保錡在鬧出關係風波之後，一直受到網民的留言討伐。最後是利用有他出現的畫面，加上「反省中」去引人注意，成功使事件轉化成「話題中的笑點」和「實際有在反省」的意義，從而使網民的情緒變得緩和，甚至覺得討喜而重新得到一部份人的認同。

另一個例子就是洪卓立演唱由〈彌敦道〉改成的〈陰陽路〉，洪卓立用認真的方式去演繹歌曲，回應媒體多次誤傳他的死訊，除了轉化網民的擔心為感到有趣，同時得到了注意，也使用了自嘲的方法去表達自己對此事的開放態度。

精髓在於令人會心一笑

惡搞的創作之所以能夠在群眾中廣傳，最重要的原因是內容能引起大眾的切身感受，和內容經典易於記憶，因為群眾注意而使大眾分享了同樣的情緒和感受，最後能夠將情緒轉化並賦予正面的意義，或許還能從中學習到使用這樣的方法，來將自己遇到的事情轉化。

亦因為如此，當人們發現這樣能夠使自己感到快樂，並且能夠將事情輕鬆帶過，同時這種轉化和用語也用於人們面對自己生活事件時，人們就如社會學習理論（Social Learing Theory）所說一樣，開始不自覺的「學習」並增加使用這樣的轉化技巧，去嘲弄自己的景況，從而令生活更為輕鬆。所以，當我們遇到事情時，不妨試試真誠地面對它，然後，用豁達、樂觀的胸懷去化解尷尬困境吧。

3 廣東歌心理學

廣東歌，是香港流行文化不可或缺的一環。這兩年間大家聚焦本土樂壇，其實有不少的樂曲反映出時下的一些現象和箇中感受。你在那三至五分鐘感受到的那份感動，到底反映出甚麼？

一個作品之所以令大眾都能有所共鳴，背後總是打入了人們心坎中的某些位置。在這個篇章中就跟大家討論一下當中的心理。有一些心態，也是我們在這個世代需要知道的。

3.1 樂壇已死嗎？（丁滿@心理學渣）

所有青春嘴臉 邊個邊個都沒有星味
嘆口氣 往昔金曲的歲月 哪可媲美——吳林峰〈樂壇已死〉

曾經，香港樂壇百花齊放，出現一個又一個的天王天后，例如徐小鳳、張國榮和梅艷芳等等，蜚聲國際。又曾經，香港樂壇被冠上「已死」的標籤，廣東歌漸變得無人問津，香港樂迷紛紛轉至外國樂壇，欣賞來自歐美、韓國及日本等地的音樂。在 2022 年的今日，我們走在香港街頭，總能夠聽到大大小小的店鋪正播放廣東歌，亦能看到不同歌迷會為偶像發起的種種應援廣告。相信無人會否認，今天香港樂壇又再次興盛。不得不提的是，香港的音樂人其實一直都沒有放棄過香港樂壇。每年都有出產為數不少的廣東歌，亦有不少新晉歌手加入樂壇，只可惜不算有太大迴響。到底有甚麼因素，令沉寂多年的香港樂壇突然回春呢？

日期	香港區20大歌曲的廣東歌數目	其平均點播率	其總點播率	該週最高的廣東歌點播率	MIRROR及其成員的歌曲數目
26/9/2019	2	63,292	126,584	64,421	0
26/3/2020	2	62,155	124,310	76,780	0
24/9/2020	7	66,420	464,942	83,713	0
25/3/2021	10	100,690	1,006,901	125,304	1
30/9/2021	16	139,941	2,239,059	225,496	7

（數據來源：Spotify香港區每週歌曲榜）

首先引用客觀數字來證明香港樂壇的重生。Spotify的點播率可謂其中一個強而有力的證據。香港區的每週歌曲榜首20名中，在2019年9月底只有2首廣東歌，佔10%。在兩年間，即2021年9月底，已經有多達16首廣東歌，達80%。這些歌曲每週的平均點播率亦由6萬多躍升至接近14萬。最高的廣東歌單曲點播率亦由6萬多升至22萬多，接近原來的四倍。

這些數字反映了香港人的口味，證明大家比以前更熱愛廣東歌。是甚麼原因，使廣東歌能夠「翻生」？

2020 年——建立共同身份認同

從上表，在 2020 年的 9 月，每週歌曲榜首 20 名中，已經有 7 首廣東歌。相比半年前的 3 月，已經有明顯的分別。當中原因之一，是由於新冠疫情肆虐，普羅大眾因著對病毒的未知，響應醫護的呼籲留在家中抗疫，盡自己努力減低對公共醫療資源的負擔。平日慣常在假日外出吃喝玩樂的市民轉至 YouTube、KKBOX 及 Netflix 等串流平台消遣時間，故此不論廣東、歐美或韓日歌曲在香港的點播率均有所上升。

另一個因素，也是令到廣東歌變得「重要」的原因，就是香港人透過廣東歌去加強自己作為「香港人」的身份認同。

身份認同，指個人對自身，以及因應自己所屬群體的概念。人天生有一種傾向，透過自己所屬的群組去定義自己，而當自身的身份認同出現不確定性時，我們便會加強自己對群體的識別，減輕對身份、生活以至未來的不確定。[1]

2019 年的社會事件，隨之而來的移民潮，「香港人」這個身份一次又一次受到衝擊。

何謂「香港人」？是每個香港人都在找尋的答案。

2020 年初，香港人一同面對疫情等各種社會大環境的衝擊，並發揮守望相助的精神，例如自發地派發口罩予有需要人士、支持面臨種種困難的餐廳等等。這些行為增加大家對「香港」的歸屬感，並強化香港人的身份認同感至前所未有的高度。隨著大眾對香港的歸屬感提升，大家會比以前更加關注本地文化，希望可以共同建構及保留本地文化。

同時，更多香港人比以往更關注廣東話、香港本土歷史、繁體正字、本地農夫等本地獨有的東西。一切一切都反映出香港人在加強自己對群體的認同。

廣東歌正正盛載著香港人時下的種種境況和思想。MC $oHo & KidNey 一曲〈係咁先啦〉唱遍大街小巷，不就是因為大家都感受到香港人對移民潮的無奈嗎？回歸廣東歌，是大家找回屬於「香港人」的這個身份。

作詞人黃偉文於 CHILL CLUB 推介榜年度推介 21/22 表示，他在實驗即使不在香港也能譜寫屬於港人的流行曲，構建廣東歌的「元宇宙」。回歸廣東歌，也是港人一種「揾呢度嘅出口」的方式。

2021 年 1 月——鋤強扶弱的心態

由 2020 年 9 月至 2021 年 3 月，廣東歌的點播率有著爆發性的增長。其中 12 月底至 1 月底的變化極為顯著。

日期	香港區 20 大歌曲的廣東歌數目	其平均點播率	其總點播率	該週最高的廣東歌點播率	MIRROR 及其成員的歌曲數目
31/12/2020	9	92,235	830,116	115,204	0
28/1/2021	14	98,572	1,380,009	168,161	1

在短短一個月間，廣東歌在首20名歌曲榜中的佔據率由 45% 攀升至 70%。這些廣東歌的總點播率多逾五十萬。到底這個月發生了甚麼事呢？

一年一度的叱咤樂壇流行榜頒獎典禮，MIRROR 及其成員勇奪多個獎項，其中一些成員在得獎感言中表示，希望香港人多聆聽廣東歌。頒獎禮過後，坊間有一些輿論討論，例如「姜濤憑甚麼拿我最喜愛的男歌手獎項」、「JER ?乜水?」，亦有人大叫「樂壇已死」。神奇的是，一個月後，廣東歌的點播率不跌反升。其實，每年也有頒獎禮，而「樂壇已死」更是多年的口號，怎麼這年來得有點不一樣呢？

在這裡，可以談談「鋤強扶弱」的心理。研究發現，人們容易傾向支持弱勢的一方，甚至凌駕於個人原來的喜好[2]。這解釋了為何長期積弱的廣東歌、香港歌手及香港樂壇等等在網上被輿論貶低及攻擊，能夠激化香港人抱打不平、鋤強扶弱的心態，吸引很多本來甚少關心樂壇的人重溫頒獎禮的片段，亦讓他們不自覺重新喜愛廣東歌。

2021 年——情緒傳染及變色龍效應

由 2021 年初至 9 月，廣東歌的熱潮並沒有退下來，反而持續升溫，令點播率每創新高。雖然每年均有樂壇頒獎禮，而頒獎禮熱潮退去後，會持續留意本地樂壇的人並不多，致令樂壇沉寂多時。2021 年與以往有甚麼分別呢？

自頒獎禮激烈的輿論後，除了推動廣東歌在各大串流平台的點播率外，社會生態亦有以下的改變：

1. 歌手作品：不少歌手組合紛紛以作品回應，例如：〈樂壇已死〉直白的高叫「香港樂壇未死」，「抵死絕核」的表達年輕沒有錯，鼓勵大家不要放棄年青人。而姜濤的〈Master Class〉亦有異曲同工之妙，希望大家給空間予年青人進步及突破。這些回應既鼓勵大家留意廣東歌，亦會引起更多討論。

2. 歌迷應援活動：自此，歌迷會的應援活動規模愈來愈盛大，務求無孔不入，宣傳自己的偶像。不但人氣組合 MIRROR 如此，其他歌手的歌迷會亦有發起同類應援活動。往後，巴士站燈箱、SOGO 的巨大螢幕、港鐵、電車，甚至郵輪均見到各大歌迷會的應援廣告，希望讓更多香港人認識自己的偶像，認識本地音樂。

3. 曝光率：主流媒體，包括不同報章及電台，比以往更多篇幅、更深入地報道本地樂壇的新聞，亦反映有很多人關注相關的消息。各大品牌紛紛邀請本地歌手、樂隊及組合合作，成為旗下產品的代言人，宣傳其產品。

簡而言之，這些生態的改變是環環相扣，相互影響，實難以明言當中的前因後果，就如「有雞先定有蛋先」。但可以肯定的是，這些生態的改變，大大強化「支持本地樂壇」這論調的説服力及吸引力，讓社會充滿著「支持廣東歌，支持本地歌手」的情感氣氛，帶領廣東歌再次成為潮流，自然會持續地推高廣東歌的點播率。

回想早兩三年，當你跟身邊朋友説自己最近留意香港樂壇，他們可能會取笑你「香港仲有樂壇㗎咩？」現在，大家會覺得支持廣東歌是「正確」及「潮流」的表現。

這個現象可理解為「情緒傳染」（Emotional Contagion），一部分人回歸對廣東歌的熱愛，誘導他人產生相同情緒及感受[3]。

當頒獎禮過後，部份人因為上述原因而重新支持廣東歌，這種情感透過手作品、歌迷應援活動，以及本地歌手在主流媒體的高曝光，感染到本來不太留意香港樂壇的人。這些人會加入支持廣東歌的大軍，是受到「變色龍效應」（Chameleon Effect）[4] 的影響。這效應所指的是，人類會下意識模仿其他人的行為。因為人類是群體生活的物種，需要和其他人交流互動，而模仿其他人有助改善溝通及交流，讓人際互動更順暢。故此，愈來愈多人「忽然」留意香港歌手、廣東歌及香港樂壇，是受到身邊親朋好友的影響，以增加和其他人的共同話題。結果，2021 年廣東歌在各大串流平台均錄得破天荒的高點播數字，刷下近年來的紀錄，可謂「樂壇翻身」。

浩浩蕩蕩迎來另一新世紀

對於香港樂壇，2020 及 2021 年為非常特別的兩年，有著非常大的變化。如上文所言，集合天時地利人和不同的因素，終令香港樂壇翻生，一直熱愛廣東歌的我喜見此變化。雖説有很多外在環境因素的影響，但歌手及歌曲本身的質素才是最重要。盼望香港樂壇的每一份子能夠繼續努力，浩浩蕩蕩迎來廣東歌的新世紀。

3.2 從〈EGO〉了解「網絡欺凌」心理

他跟她都講率性 要痛快透頂
活著為放任 烙下自滿的神情
不經思索的言詞
就像 越毒辣 越是 神聖

2021 年初，MIRROR 成員 Anson Lo 推出他的首支快歌〈EGO〉，他在歌曲的訪問說，這歌是在帶出網絡欺凌中的傷害。

打開香港本地最熱門的討論區，不難發現只要有關於女性的帖文，下面總有一些「女人都是雞」、「港女都是拜金」、「香港沒處女」諸如此類的留言。如果帖文內有指定對象，當中的留言只怕更難聽一萬倍。

網絡欺凌早已不是甚麼新鮮事，網民在網絡上口誅筆伐，對於在鎂光燈下的藝人更苛刻。網民對 MIRROR 的攻擊從來不少，由剛出道在某討論區的那句「三年後都喺度先好同我講」，到現在即使被封為「人氣偶像團體」，依然會被人說他們「名不副實」、「廣告從業員」。

撇開 MIRROR 不說，其他的 KOL，甚至你和我也許也曾受過網路欺凌。Anson Lo 的這首歌，或許能幫我們多理解「網路欺凌」。

名叫虛擬網路的的面罩

歌詞中：「隱了名　四出挑釁批鬥　哪位真的可追究」，說出了在網民在網路上普遍的行為：說話不經過思索，而且句句毒辣，彷彿要說得夠狠才是率性，才叫痛快。

其中一個原因是網絡上的匿名性（Anonymity）。人天生會因為意識到其他人會對自己行為作出批判而有所抑制，以致在生活中會傾向做出些合符社會規範的行為。

這些「口臭毒辣」的網民在現實中可能是談吐有禮的人。假設你在商場中看到Anson Lo，而你並不喜歡他，你會走上前跟他直說嗎？大概不會吧，即使你有多不滿，都不會當面說出來。除了忌憚周圍的神徒，也為了保護「自身安全」，無故當面辱罵人，形象受損的只會是自己。

但是虛擬的網路世界就提供了不用合符社會規範的便利。研究發現，當人的身份被隱藏後，他們更傾向做出一些反社會行為。[5] 而我們不難想像得到，在網路上也有類似的情況。這一個情況在網路上變得更嚴重，開個新的Gmail Account，隨便叫甚麼「I_hate_MIRROR1999」，然後在Anson Lo的歌曲下盡情說出你的想法，都沒有人知道那個就是你。

難以追究的「暗箭」

另一個原因也在歌詞中道出了，就是對方沒有方法可以追究（Untraceable）。無論你說的話有多離譜，對方都沒有辦法可以向你反應和追究。在網路上雖然好像人人平等，每人都有發言的權利。但不同於觀眾可以將個人身份隱藏起來，歌手本身的一言一行卻曝露在大眾視野中，無時無刻被其他人留意著。在這個不平等的情況下，面對網民的攻擊，也只能夠默默承受下來吧！

指尖一伸 要審判這個他
多主觀 講一句 不需理據
把他錯處 誇張化 懶理每寸偏差

當網路上的人要去「公審」別人的時候，只要「指尖一伸」，在鍵盤中敲上幾個鍵就可以做到。網路欺凌之所以熱烈的另一個原因，是因為「入場門檻」很低——只要駁上互聯網，在討論區或社交平台有個帳號就可以了。

容易做到加上匿名的狀態，網民的說話更不需要經過審視，想鬧甚麼便鬧甚麼，用不著客觀和說理據。「把他錯處 誇張化」，說出了一個網絡霸凌的狀況——散播不實的流言蜚語（False Rumors）。2018 年美國 Pew Research Centre 的統計發現，有 32% 的青年說曾被別人散播關於他們的不實流言[6]。對偶像來說，不難想像得到這個情況有多容易出現，他們的一言一行都被看在眼裡，然後別人便會作出各種穿鑿附會。

就以 Anson Lo 來說，在擔演以同性戀作主題的劇集《大叔的愛》後，媒體就翻查他在 5 年前的訪問，出櫃承認愛他的男朋友，不過二人彼時似乎已經分手，結果惹來不少討論聲音和各種揣測。

在網路欺凌的背後，有否想過當事人也有自己的難題和辛酸？研究發現，網路欺凌的人在同理心方面（Empathy）比較低分[7]。在網絡上攻擊他人時，或許他們都沒有想過對受害者有甚麼影響。2014 年有醫學界文獻指出，網路欺凌可以導致當事人出現緊張、抑鬱、睡眠等問題，甚至乎是出現自殺念頭。2019 年韓國偶像團體少女時代成員太妍就曾經在 Instagram Story 回應一名 ANTI（即黑粉）的提問，爆出自己有抑鬱症，可見網路欺凌對藝人絕對有一定影響。

若不幸成為主角

面對網路欺凌可以怎麼辦？我們可以參考澳洲網上 Self-Help 平台 ReachOut.com 提供的五個方式：

1. 不要即時回應

當受到網絡欺凌的時候，自己當下的情緒一定很激動。在這個情況下，我們有可能受當刻的情緒驅使而激動地還擊。這可能正中欺凌者的下懷。當你回覆時，他們便可以「打蛇隨棍上」，作出更多攻擊。故此，在這個時候，我們應當切記，在網路上我們是不需要即時作出回覆，尤其是當留意到自己情緒比較激動的時候，更應先讓自己冷靜下來。在這個時候，我們可以先將手機放下，讓自己遠離影響我們的媒體。

2. 心情平復後再作跟進

先給自己一點時間，要知道情緒過一會兒便會慢慢平復下來，當人冷靜下來的時候，大腦會有更多空間和能力去想對策。這個時候若果你覺得自己可以面對了，便可以重新上線，或者由朋友、家人陪同下，想想可以如何有效地回覆。

3. Cap Screen

倘若要舉報自己受欺凌，可以先將證據 Capture 下來，以便日後交由其他人跟進。

4. 不要 Mon Post

受到欺凌的時候，自己會很在意其他人在社交媒體上的反應，因為太在意，很可能會不停留意著其他人的反應和留言，不停地F5，看看有沒有更新。在這個狀態下，其實只會更影響自己的情緒。我們可以稍事休息，遠離社交媒體，也許可以做做運動，讓自己心情不受影響。

5. 舉報和封鎖

倘若遇著一些「死纏爛打」的攻擊，可以使用社交媒體的舉報功能，去封鎖或限制對方的行為。

Anson Lo 曾經表示，〈EGO〉一曲表達了一個人在生活中有不同身份和角色，但沒有人比自己更清楚自己的方向和想法，而這正是面對網絡批評該有的態度。學懂怎樣去調節自己的情緒和面對批評，也是面對批評時需要有的態度。

另一方面，社會上對網絡批評的教育又是否足夠？教育局發現在 20/21 學年，網絡欺凌比之前增加逾 60%，首次有過百宗個案。隨著網絡的應用變得更加盛行，青少年和兒童接觸網路的機會也比過往更加多，無可避免地，他們也會在網上世界和他人有著更多的互動。除了自身要學習怎樣面對網路問題以外，作為家長應該如何幫助子女面對這些問題，也是需要多加探討，令廣大市民知道的問題。

3.3 從〈搞不懂〉了解「青年危機」（丁滿@心理學渣）

人生在成長的路上，總會有不同的挑戰和難關等著我們。升中、考公開試、上大學、工作、結婚、生小孩……我們的人生要跨越一個又一個的挑戰，一步一步走上「成熟」的階梯。然而，並不是每一個人在路途上都能走得舒暢愉快。近年來，網絡興起一個新的詞語，稱為「青年危機（Quarter Life Crisis）」，泛指 20—30 歲的青少年在人生路上感到迷惘，並且懷疑自己的能力是不是能夠「勝任」在這個年紀該做的事，以致形成一種焦慮的感覺。無獨有偶，陳卓賢 Ian 的歌〈搞不懂〉所探討的，也是當現實和理想有落差時，要怎樣才可以回復以往的「快樂」？

每一個年紀都有一個危機？

過去要快樂 就直接 敲敲我的心
能夠聽到 潔淨聲音

在挫敗中 縱有不甘
累了便哭 夜未算暗
再微細 年歲間 有種剔透感

要理解青年危機，可以先從德國心理學家艾力遜（Erikson）的心理社會發展理論中去了解我們的「人生階段」[8]。艾力遜指出，在我們人生每一個階段，都有一些心理社會危機出現。如果我們能夠好好面對這些危機，便能順利地發展到下一個階段；否則我們會在那個危機上「卡關」，影響成長。

階段	年齡	衝突	理想狀態
1	出生至18個月	信任 vs 不信任	建立對別人的信任和安全感
2	18個月到3歲	自主 vs 羞怯疑惑	有能力控制身邊的事物
3	3至5歲	主動 vs 內疚	能夠自信地作出決定
4	5至12歲	勤勉 vs 自卑	知道自己有所長
5	12至18歲	身份認同 vs 身份疑惑	清楚「我是誰」
6	18至40歲	親密 vs 疏離	和他人建立親密關係
7	40至65歲	傳承 vs 停滯	將自己擁有的傳承下去
8	65歲以上	完滿 vs 絕望	為一生感到自豪

這些人生階段，為我們提供了一個架構去理解人生不同階段會遇到的危機。你可能會「搞不懂」，為何18至40歲都在建立親密關係的階段，但自己卻好像仍然在煩惱身份認同和自卑的問題？這是因為這些心理社會危機不單止跟成長有關，也和社會的變化悉悉相關。在樓價高企、移民潮，經濟低迷等等的問題影響下，我們所認為每一個階段應該做好的事，也會逐漸變得模糊不清。小時候，我們只要讀書成績好，或有一技之長，或受同儕歡迎，便認為自己「成功」了。可是當走出社會後，才發現要定義自己是有多困難。心理學中的社會比較理論（Social Comparison Theory）指出，人會靠著和其他人比較來定義自己，來尋獲自信心。當覺得自己被「比下去」時，就會有種舉步維艱、停滯不前的感覺，令我們搞不清楚自己到底想要甚麼，甚至否定自己，亦可能會出現失眠、疲憊、脾氣暴躁等等的生理問題。

我也許太倦了 碰上急雨冷風
所以至晦氣了 感到很冰凍
不知怎形容

網絡世界形成的「青年危機」

何謂成熟 並未望通 我搞不懂
期望實現中 卻不輕鬆
兩者怎去 兼容 兼容
構想的太不同 神經刺痛

連登討論區經常會出現一些類似「人到XX歲要賺多少錢才叫做成功？」的帖文，這一類的帖文充分說明了在資訊爆發的年代，為何青年更容易出現危機。我們在社交媒體可以看見更多年紀相約的朋友在過著怎樣的生活、做著怎樣的工作、有著怎樣的成就、假日到了哪裡去High Tea……這一切一切，令我們更容易拿自己去比較，想著為甚麼我們沒別人的成就？為甚麼我在加班工作，別人卻在風花雪月？他們的薪金還好像比自己優渥得多……這些「比較」，令我們懷疑自己是不是還沒「達標」。然而，是不是做到「成績」就可以得到滿足？Ian宣傳新歌〈搞不懂〉的訪問中，談及到歌曲是記錄他當下的情緒，成名後自己「少咗出街食飯同打波」，自己像關了在燈塔裡，外面的自己想把自己救出來，卻無從入手。作為 MIRROR 的一員，Ian 出道以來算是有非常不錯的星途，甚至在十二子中也算得上有較多機會。可是，如果連 Ian 也有這樣的迷惘，單靠「成就」，成為連登仔眼中的「人生贏家」，其實也不肯定這樣我們就能得到滿足。

怎樣解決青年危機

要解決青年危機，或許單靠追逐「人生贏家」的清單並非是最佳選擇。因為即使你有多努力，總不可能又有時間創業又可以環遊世界又晚晚和朋友把酒談歡吧？所以關鍵是，我們需要多思考，到底我們想追求的是甚麼？要知道自己的目標，可以找一個時間，安靜下來，想像一下，有一天自己百年歸老了，在你的喪禮中，你的子女、伴侶、朋友站到台上，總結你的一生，你會想聽到甚麼？想通了自己的目標後，再回望自己現在所做的一切，便知道是否向著自己的目標邁進。只有知道自己的行動是向著自己心中的目標前進，才算「搞懂」了自己。

下一次再感到迷惘時，嘗試不要和 Instagram 裡的人比較，關掉手機，好好想想自己的人生方向。又或者和身邊的人傾談一下。與其他人深入交流，我們不難發現，大家也有著類似經歷，從而肯定自己並不孤單，也給予我們勇氣繼續在迷霧中，探索自己的去路。

人望着夜空 渴想星空
每位都也 相同 相同
試過數百次失重

3.4 〈Master Class〉對「服從權威」的反思

姜濤在 2020 年叱咤樂壇流行榜頒獎典禮，憑〈蒙著嘴說愛你〉獲得了該年的「我最喜愛的歌曲」，並且在同年獲得了「我最喜愛的男歌手」。以21歲之齡，成為叱咤這兩項大獎有史以來最年輕的得主。

他在感言中說到，知道有很多人都會懷疑他是否值得這個獎，不過怎樣也好，他日後都會用作品說話，讓全港市民督促這一班偶像的成長。自此以後，「用作品說話」這句話不脛而走，成為姜濤日後每一「胎」的 Hashtag。

他在得獎後的首次「用作品說話」，便是〈Master Class〉。不同於〈EGO〉控訴的是無理惡毒的網路欺凌，〈Master Class〉是回應大眾對他「年輕」的批評：由選秀節目出道不過三年的時間，真的值得這項曾屬於張學友、黎明、陳奕迅等樂壇前輩的殊榮嗎？歌曲中姜濤反問了一句：年輕，怎麼就是錯？

這個歌曲也給我們心裡的偏誤帶來一個反思。

年輕怎麼就是錯

誰不解釋就恨我

要解答這個問題前，我們應該先想想：為甚麼我們會尊重所謂的「大師」？

服從「大師」的心理學

社會心理學上有一個很著名的實驗，道出了我們對權威的看法：1960 年美國耶魯大學社會心理學家 Stanley Milgram 為了測試人對權威的服從性有多強，進行了一個關於「傷害」他人的實驗[9]。在他的實驗當中，受試者被帶到一個房間裡，被告知他們將參與一個關於體罰對學習影響的實驗，他們將扮演「老師」的角色，去教導處於另一房間中的學生。他們不能看到對方，卻能聽到對方的聲音——當然，他們不知道，學生其實是由實驗人員假扮。

在「教學」過程中，每當「學生」作答出錯時，「老師」需要對他們施加電擊，電擊的強度會隨著答錯的次數遞增，「老師」隔著牆壁也會聽到他們的尖叫聲逐漸增強，當電擊強度超過致命的程度時，甚至會完全沉默。在過程中，如果參加者要退出的話，他們會被告知實驗需要繼續進行——事實上，如果他們堅持退出，實驗便會停止。

或許你會認為，大部分的參加者都會選擇退出。事實卻不然，超過 60% 的參加者願意施加電擊至超過致命的強度。

這實驗反映出，人們對權威的服從性，比我們想像中巨大得多。1966 年精神科醫生 Charles K.Hofling 在醫院裡將實驗用現實環境重現[10]：他們在醫院裡放了一隻名為 Astroten 的假藥（實質為對人體無害的葡萄糖片），藥瓶上清晰寫著最大劑量為10毫克。晚上當護士隻身一人值班時，實驗員假冒的「醫生」便會致電護士，說因為「緊急情況」，要求他們給病人20毫克，明顯超出最大劑量的上限。結果，22名護士中有21名護士會聽從醫生的指令去給予藥物。有11名護士表示有注意到劑量限制，但既然是醫生指示，便覺得沒有問題。

各種實驗反映出，我們都會傾向相信權威（Appeal to Authority），其中一個原因是我們的大腦一時間並不能處理太多的資訊。假設我們去看醫生，他給了我們開了一隻藥，我們要如何得知那隻藥是不是可靠？我們不可能詳細去研究藥物成份，再學習相關的藥劑和病理知識，然後再去分析該藥物是不是對自己有效，這樣花太多時間和資源了。我們唯有信任醫生的專業，從而相信該藥物的效用。故此，一個權威的形象給出的意見，會令人覺得更有說服力，而且更容易受其影響，特別是在自己不太了解的範疇。

為甚麼「大師」落伍了而不自知？

然而 一本通書 你沒有放下
咸豐的標準 已落伍吧

〈Master Class〉一曲帶出了對所謂「大師」的質疑，誰說經驗老到就一定是對的？的確，「大師」在行內有多年豐富的經驗，遇過不同挑戰、千錘百鍊的修練令他們的技術到達爐火純青的境界，不過你或者會問，既然一個人有相當多的經驗，那為甚麼他們不求改進？

這種情況其實絕不稀奇，心理學上稱之為「路徑依賴」（Path Dependence）[11]，即是人的決策往往受到過往的經驗影響，即使過去的狀況已經過時。當我們嘗試過一個成功的方程式後，往後便會採用相同的模式去進行。就像我們現在常用的 QWERTY 鍵盤，雖然它的打字速度未必及得上一些較後期出現的鍵盤，但時至今日它依然是鍵盤的標準。在演藝路上，出道已久的前輩可能有吸引觀眾的獨特方法，但那一套的方法一再重複時，又是否能夠繼續長青？

撇除其他範疇不說，光是娛樂圈就有一些作品明顯是拘泥在過往的做法。無疑他們的作品在以前是很出色。曾幾何時，香港人每晚都喜歡坐在電視機前收看劇集。一套又一套的古裝武俠片，或者名門望族的勾心鬥角，都曾吸引不少市民晚晚觀看，甚至賣至東南亞和海外地區，讓創作人贏得一個又一個光環。這些光環，慢慢就讓他們覺得自己發現了一本「通書」，然後就每次都依循那一本通書去「創作」。當電視節目依然採用二十多年前的橋段，是不是依然能夠保持當年的光輝？的而且確，觀眾也有自己的「路徑依賴」，習慣了打開電視機，造就了所謂的「慣性收視」。可是，隨著觀眾的世代更迭，加上串流平台的出現，同樣的「方程式」能否繼續切合當代觀眾口味，相信各位心中有數。

去蕪存菁

求 以大師 加新血 的總和
去煉取 將精髓 都兼容 的我

歌曲沒有一味否認過往「大師」的經驗，反而是思考怎樣新舊兼容，取其精髓去創作更好的作品。也許我們需要的，不是一味的相信權威，不是走在過往的路徑，而是不斷去反思，怎樣才能做得更好。現今本土娛樂圈能夠重新讓人眷顧，除了前文所提及的情懷外，想也是因為他們能夠在創作上別開生面。不過，當有一套受歡迎的新模式出現時，它又會否變成一個新的標準，然後重複同樣的錯誤？

MIRROR 也好，我們也好，希望大家能在日後的路途上，以前車為鑑，時刻提醒自己，他日不要成為別人口中的「大師」。我在一個關於 MIRROR 心理學的講座中問到，在場有多少人覺得 MIRROR 仍需改善，結果幾近全部50多位觀眾都認為他們尚有進步空間，而其中有超過40人承認自己是鏡粉。如果連鏡粉都期待著他們更上一層樓，相信要令更大的觀眾群欣賞，甚至長青，MIRROR 必須繼續努力才行。同樣地，我們在事業上或者管教下一代時，都應時刻檢視自己，是不是依然跟得上時代的步伐。若果發現自己的一套已經不再適用了，便應及早調節，讓自己能「以新血灌溉天地」。

3.5 從〈黑之呼吸〉認識 Poker Face

人們剖析我的臉

不發一語（不發一語）呼氣吸氣 便引動謠言

說起 Anson Kong，「黑面」可以說最能代表他。

他的「黑面」歷史要回溯到 2020 年叱咤樂壇流行榜頒獎典禮。他的兩位隊友阿 Jer 和 Anson Lo 分別獲得新人金獎和銅獎，但同年有單曲的他卻名落孫山。

鏡頭前的他，被形容為因為失落獎項而相當不滿。幾個月後，向來被譽為「真性情」的他，發表歌曲〈黑之呼吸〉，以歌曲直接回應大眾對他「黑面」的看法。在訪問中，他坦言自己當時的確失望，但並非對隊友或其他人不滿，認為這樣的誤解，可能是因為自己的樣子比較惡。

雖然我們不是 AK，但在生活上、工作上，何嘗不是經常被「人們剖析我（們）

的表情」？了解表情背後的心理學，也許能幫助我們認識自己和 AK 多一點。

人是天生黑面？

人們扭曲我心意

招惹口舌 不會反駁 就卸下言詞

表情是人類天生的溝通工具。心理學家 Paul Ekman 早在 1967 年已經著手研究表情和情緒。他發現即使是新幾內亞的原住民，對於不同表情和情緒的認知，和世界各地的文化如出一轍，足以證明表情反映出的情緒，對所有人都是一致的。研究發現，根據不同的面部表情，我們可以分辨出八種不同的情緒，分別是：開心、悲傷、憤怒、驚訝、恐懼、鄙視、厭惡，以及沒有任何情緒的中性表情[12]。

透過表情，我們可以輕易知道別人的情緒，不過對於「中性」表情，因為沒有笑容的關係，有時候會被人誤以為他們有負面情緒，從而被人認為他們「黑面」。偏偏有一些人，天生的中性表情看上去就像挺不愉快的。

外國近年流行一個詞語——「Resting Bitch Face（RBF）」，專門形容這些「天生黑面」的人，TWilight 的女主角 Kristen StewArt 便是其中一個常被形容為 RBF 的明星。

RBF 一詞被網路迷因瘋傳了好幾年，到底是不是真的有 RBF 這回事，倒還真的有人研究了一番。

外國研究機構 Noldus Information Technology 透過他們讀取表情的軟件 FaceReader，分析了一些公認的 RBF 人物（如 Kristen StewArt 和 Kayne West）的中性表情是不是有甚麼不同。結果發現，比起正常的面部表情，表情只有 3.20% 被解讀為「鄙視」，RBF 人物的面部表情被解讀成「鄙視」，卻高達 5.76%[13]。雖然，關於 RBF 是否存在仍有待考究，不過我們可以知道，有些人的中性表情的確比較容易被別人誤解成負面情緒呢！

說回 AK，若果從表情上來看，不難明白為甚麼他會容易被人誤認為在「黑面」。

相對於「鄙視」，天生眼眉較傾斜、眼大大的他更接近我們認知中的「憤怒」

表情。加上AK本身也不喜歡隱藏自己的情緒，愉快時會開懷大笑，心情不愉快時也不會強顏歡笑，自然容易讓人覺得他在「生氣」。其實，他可能只是在表現自己的「中性」表情罷了。

MIRROR給我們的反思

人的喜與悲 怎樣詐不知 埋藏情緒 又所謂何事

能夠像AK那樣率性而行固然是好，不過現實總是殘酷的，當我們「做自己」時，真的能夠讓人欣賞我們的「黑面」嗎？

近年流行一個詞語，叫作「微笑抑鬱」，指的是帶有抑鬱情緒的人把自己悲傷一面藏起來，戴起微笑的面具，讓其他人認為自己沒有問題，甚至乎生活愉快。

這個症狀的出現和社會的價值觀脫不了關係：無論是職場還是生活上，一個「理想」的人都應該是高興愉快、遇到困難都能笑著面對，才可以給人「堅強」、

「樂觀」、「積極」等等正面的印象。

即使是 AK 這樣的「上弦」，一個「黑面」表情也能惹來這麼大的批評聲音，更何況作為星斗市民的我們？面對顧客和老闆，不也是經常要擺出一副正面積極的態度，才能合乎他人的期望？「表情管理」彷彿成為香港上班族的必修語言。

或許有一天，我們都能夠明白到，真正的「理想」並不是做一個何時何地都正面積極的人，而是能夠接納自己不同情緒，在「自愛」的前提下和他人好好相處。

3.6 柳應廷「重生三部曲」學懂人生的意義

MIRROR 成員柳應廷（阿 Jer）在 2020 年發佈的三首單曲〈水刑物語〉、〈迴光物語〉以及〈風靈物語〉，以三部曲的方式描繪人徘徊在死亡的種種意識和感覺。接續著「物語三部曲」，阿 Jer 再發行了「重生三部曲」，分別為〈狂人日記〉、〈砂之器〉、〈人類群星閃耀時〉，講述人在輪迴轉世時，反思生命的意義。

「未知生，焉知死」，從科學角度來看，固然不肯定可有來生這回事，對歌者來說也是。歌曲想表達的，似是以轉生為題，反思如何度過人生。人生只有一次，但如何去走一條「最好」的道路，卻是一生的難題。固然，我們不可能有萬世輪迴又保有記憶，但我們卻可以從觀察他人的經歷中了解他們的經驗。

三首樂曲中，體現出的心理變化截然不同。這裡就讓我跟大家一一討論當中的心理，或者我們也能從中了解，我們在人生中，到底應該追求甚麼？

〈狂人日記〉

〈狂人日記〉的MV一開始，以〈風靈物語〉的Intro，帶出一位中年麵館老闆抄寫大悲咒後，上吊輕生。進入往生世界，他被一圈黃色和紫色花圍著。他摘起黃色花後，看到一個地下樂手的一生。及後，他再從紫色花中看到一位雙性戀黑人女子，纏綿於一男一女之間。

濫藥和反叛不羈的地下樂手，性開放的黑人女子，兩種人生，在歌曲頭半段都在表達著一種享樂主義（Hedonism）的人生觀，意指以追求歡愉為人生的主要動力[14]。這一種追求享樂至上的「狂」，想必不少人都經歷過，或是渴望這樣的人生。不論是濫藥還是性開放，這些「享樂」至上的行為，為甚麼會令人如此沉醉？

看宇宙 多虛構
一出生 已劇透
舉骰子 送上帝手

或許從歌詞可以窺見究竟。歌詞「一出生 已劇透」道出一種無力感，是對自己的宿命無力掌控的情況。心理學中我們對外界環境的掌控稱之為「控制點」（Locus of Control），一個「外控者」（External Locus of Control）的人會認為環境控制自己，自己沒有能力改變身邊現狀和問題。由歌詞可見，狂人對自身的出身（膚色 身份 性格 樣貌）以致個人特質（思想 意志 業力 基因）都沒有辦法掌控。因為快樂本身有著舒緩壓力的功效，當我們覺得無力面對環境帶來的壓力時，追求快樂便成為了我們的逃生出口。

元神 歸返他 正身
狂人 突然合手擱筆 方知悔恨
浮雲 望斜陽蒸發著 前身
靈魂 斷言餘生軀殼 不可
再度狂入心

這一種人生觀，無疑並不是解決問題的方法。某一天，狂人驚醒了。或許他

/她發現享樂主義並沒有讓自己如願地滿足，原因或者是因為「貪生 終於會 貪夠」，重複的刺激只會令腦袋習慣，遂漸減少其帶來的歡愉[15]。快樂得不到，但逃避過後，我們還是要重新面對現實的問題。可是，追求一時的快樂，也許帶來的是更加多現實的煩惱。

不再讓「狂」控制自己，取而代之的是另一個極端，控制自己的「狂」。在這裡我們看到黑人女子開始反思；樂手則依然沉淪。狂人的方式，是想透過自己努力去控制自「狂」。狂人開始有一種「內控者」（Internal Locus of Control），覺得靠著自身可以控制到自己的結果。既然人可以選擇放棄，為何不能選擇努力向上？於是乎狂人心態改變了。「日記每日罰抄萬遍大悲咒」，帶出他不斷付出努力去自省吾身，再加上「修身 安穩 美滿事業 娶妻 生子 購置物業」，盡自己努力去做個依循道德規範的人。狂人依然改變不了「狂」的本色，但他追求的「狂」卻是另一種個極端，是透過不斷追求那些有價值的事物來得到滿足。這裡帶出的是 Objective List Theory 的取態，指的是快樂是源自一些客觀上對人生有價值的事物，例如美滿事業和家庭等。

可是，盡了力，真的就有好結局嗎？

歌曲以「一家 幾口 引發共業 終於 再次 陷入 狂」作結。在MV的最後，我們看到樂手和黑人女子走到麵館內，看到麵館老闆留下的大悲咒。主角瘋狂去建立美滿安穩，到頭來，這種「狂」終究還是帶來悲劇。

以「狂」去追求那些合乎規範的事物，約束自己對追求享樂的「狂」，結果也一樣是悲劇。歌曲以三人的人生，象徵他們無論選擇哪一種路，是要放飛自我還是努力向上，到頭來也是殊途同歸。歌曲名稱出自於魯迅〈吶喊〉中的短篇文章〈狂人日記〉，是諷刺中國傳統禮教中的所謂「仁義道德」，卻處處存在著「吃人」的文化。放眼現今社會，一直傳達著「努力就能有出頭天」的價值觀，面對愈來愈高的物價和樓價，只能夠不斷催谷自己向上，可是這種態度，又何嘗不是另一種「狂」？即使相信自己努力能改變故事情節，但依然走不出另一種「狂」帶來的悲慘結局。

柳應廷於自己的Instagram提到：「人生一切都是『選擇』……『狂』只是常出現於『人生課題』之其一，一切東西會重複出現，只是說明在該課題的學習未夠」。這個「狂」代表著的是單純去追尋某種事物，不論是歌曲前期對享樂主義的「狂」，還是後來痛改前非，以「狂」去迫自己合乎規範。似乎單單靠「狂」，並不能解決人生的課題。

〈砂之器〉

來到重生系列的第二首曲，根據 YouTube 的介紹，這一首的課題是「宿命和原諒」。這首曲的背景寫道：

「他經歷了狂妄一生，傷害了很多人，最後更傷的，當然是自己。一家幾口引發共業，令他耿耿於懷，永遠放不下。

靈風再起時，正是轉生之時，他跟妻子靈魂相約好，要換個身份角色，來生不當情侶，當母子，血脈相連。

懷胎十月時，我會成為你身體的一部分，以最親密的方法和你重遇。希望你從臍帶中供給我養份和愛，使我感受愛，試著重新學懂愛。我出生後，於成長期間，會受業力驅使，與你發生似曾相識的爭拗與仇恨，藉以繼續學習我們之間未完的課題。」

看到這裡，你或許會想起我們經常聽到的「戀母情意結」，這個來自「精神分析之父」佛洛伊德的著名理論，是關於一種兒子因為愛慕母親而產生的複雜情感。不過，雖然他和母親有著「前世情侶，今世母子」的關係，可是他卻沒有牽涉對父親的妒忌或是對母親的佔有慾，反而他希望從輪迴轉生中，再次「繼續學習我們之間未完的課題」。

從MV中看到，故事來到轉生了的狂人和母親的相處。小孩子的他，為了母親的健康把香煙收了起來，母親因為找不到香煙而對他發爛。成長後，他卻很諷刺地因為吸煙而被母親嘮叨，和母親一起吃飯時更戴上耳機，對母親的勸喻充耳不聞；不耐煩的他更發脾氣離家出走，母親走遍大街小巷找他回來。狂人想起了小時候，之後回到家中，發現即使自己不在家中，他小時候的物品母親仍是珍而重之，不禁飲泣，說了一句：「對不起」。

〈砂之器〉，源自於日本作家松本清香的同名作品，講述一名音樂家為了不被宿命所束縛而不惜殺人的故事。同樣，在〈砂之器〉中，我們也可以看到「宿命」的影子，兒子因為母親吸煙的惡習而起爭執，但成長後卻也因為同樣的原因而被母親斥責。

其嶙峋雙手　掬起　似個沙漏
歡笑　可篩走
寬恕　篩不走
說聲「對不起」讓愛　永久

原著故事中的音樂家情婦，在日記中寫下「如同砂子在指間流失般，那麼的孤寂、空虛與寂寞」，訴說現代人內心的空虛。不過，不同於原著小說中那種不能抗拒宿命的唏噓，在這個作品中他們卻找到了宿命的突破口。即使兩個人有著不愉快的經歷，仍然可以憑著寬恕讓愛長存。

有一種愛，叫作 Unconditional Love，也被稱作「Mother's Love」。所指的是一個人對另一方付出的愛，無論對方變成甚麼樣子、做錯了甚麼，仍然能深愛著對方。這種愛，是不期望任何回報下去關懷對方[16]。我們愛的就是那個人本身。這一種愛不會因為對方是甚麼樣子，或要對自己做到甚麼，而有所改變，它指的是我們去正視和理解對方，接受對方。

或許在上一世中，狂人和另一半不了解怎樣相處，以至「引發共業」。到了今世，換了個角色讓他們再次明白怎樣去愛。兩個人縱使有著令對方不滿的地方，即使會因此有過爭執，但他們都選擇去寬恕，因為看到對方內心對自己也是愛。

〈人類群星閃耀時〉

作為三部曲的終章，歌曲為生命作了解答。

在歌曲介紹中說道：主角經歷了眾多角色後，歷經十三萬一千一百零三十五世後忽然醒覺，原來生命沒有所謂的真理，只要「繼續不停去尋找真理」，是個無止境的旅程。生命就如夢一樣，人間是自我虛構的「劇場」。唯一凌駕於上的，就是作為「我」的這個意識。當參透了這一切時，「劇場」的夜幕落下，他看到點點星光，化成無數愛與恨落在劇場角色身上，為他們引路，發現最終的核心就是愛本身。最後，群星照亮了天際和心鏡，叫蒼穹也融掉。直到宇宙終結時，每個人都對著孑然一身的自己感恩地說：「我愛你，謝謝你」

上述這段話或許抽象得很，當中到底為生命給出了甚麼答案？

便停步 忘掉明哲 靜禱

悲惘中 鼓舞

困惑中 迷路

才驟覺 樂與苦 原自創造

認知（Perception）是理解我們思想和情緒中，很關鍵的一環。我們的情緒產生，源於生活發生的一切。某些事情會令我們很開心，例如升職、中獎。但有些事，總會令我們感到悲傷和困惑，例如失去對我們很重要的事物，或者迷失方向。我們無法掌握外在的事物。但又有否想過，是甚麼令我們找到生命的意義？

奧地利精神病學家 Viktor Frankl 在二戰時期，被送往納粹的集中營。他在集中營裡發現，在這裡人的一切都被剝奪，沒有自由、沒有親人朋友、沒有健康，甚至連名字都沒有。但即使所有事物都被奪去，對逆境的反應卻是他人怎樣都奪不走的。他把這稱之為「人類的終極自由」（The Last of the Human Freedom），我們永遠都可以選擇怎樣去回應任何的環境[17]。

生命中我們無可避免遇上各種逆境，失敗、疾病、死亡。我們不可能避免悲劇的發生，但我們總可以選擇如何去反應。「樂與苦 原自創造」，其實是樂是苦，不也取決於我們用何種態度去面對身邊事物嗎？

困囿 時 分 秒
看人類 多麼 渺小
沉迷 在見識 破醒 不了

我們每天執著的事情，當縱觀整個人生，是何其渺小？但我們活在當下，卻總是困在那刻的情緒當中。

被愚弄 迎來明鏡 望通

虛構中 的「我」
戲劇裡 有多勇
謝謝「你」 陪著破夢

在MV中，〈狂人日記〉中的黑人女子擁抱自己身體，帶出了「自愛」原是人生一個必須的課題。我們很多時候會因為外界的定義和標準，不知不覺間標籤了自己。於是乎我們鼓起勇氣、努力衝破一個又一個的難關。回首一看，那個穿越一切困難的自己，不也值得我們好好去正視和道謝嗎？

群星一起 叫蒼穹 融掉
盤旋萬里青空上 俯瞰 逐吋對焦
殞滅 時 分秒
看人類 即使 渺小
誰在說「我愛你」那刻
情存萬有 才是 美妙

小克早在周國賢的〈星塵〉中，展現了他運用浩瀚宇宙對比人類渺小的功力。在最後一段大合唱，歌曲再由宇宙終結帶出世間一切終究有完結消失的一天。也許到了那天，我們的感官也會隨之消逝。只有找到愛，才瞭然生命的真諦。歌曲名稱，來自史提分褚威格 Stefan Zweig 的同名著作，收錄了拿破崙在滑鐵盧戰敗、韓德爾創作〈彌賽亞〉、俄國作家杜斯妥也夫斯基被判死刑等十四個人類歷史上的重要時刻。或許我們不是甚麼豐功偉人，在茫茫宇宙中只是一粒星塵，但只要我們找到心中的「愛」，我們也可以發現自己的閃耀時刻。

3.7 從廣東歌中學懂對抗「無力感」

身處這個時代下的香港，也許是最難熬的時候。

當你被夢想中的公司聘請，滿腔熱血打算打拼一番，卻發現原來公司管理層早已腐敗不堪，不做實事，巧立名目，不單令員工無所適從，還一點一點侵佔員工利益，令其怨聲載道。當你連同一眾員工想反抗，想爭取原本的權利，不管是平和還是激烈的手法，統統都改變不了。原來各部門的管理層早就沆瀣一氣，下面的員工做任何事都是徒然。

不想收到大信封，你要麼離職，要麼妥協。初入職時的熱情早就磨滅，乖乖躺平，學著一些老臣子上班摸魚，渾渾噩噩地過一天，心情也許會快樂一點。

1975 年美國心理學家 Martin Seligman 做了一個實驗，他們將三隻小狗套上繫帶後施加電擊，第一隻小狗在施加電擊後便讓其離去；第二隻小狗被緊扣在繫帶上，但牠可以觸碰眼前的槓桿來停止電擊；第三隻小狗的境況和第二隻相若，唯一不同的是它即使觸碰槓桿，電擊也不會停止。實驗完結後，第一和第二隻狗都很快恢復過來，唯獨第三隻小狗依然消沉。這個現象被稱為「習得性無助」[18]。

無力感，可以說是這個世代中聽得最多的感受。C AllStar的〈沒明日的恐懼〉、〈生於斯〉、謝安琪的〈活著〉，不難從歌曲中聽出對這種感覺的慨嘆。

前文所說的習得性無助（Learned Helplessness），其實還有後話，在實驗中發現，有些參與者無論如何都能夠繼續持有希望。這個發現，使他將研究重心換到另一個角度——習得性樂觀（Learned Optimism）[19]。

Martin Seligman發現，奧秘在於人們處於逆境時的解讀風格（Explanatory Style）。當逆境出現時，你會覺得它代表著甚麼？例如，你因為疫情而失業，你會將之解讀成「自己沒有能力，才會被裁員」、「自己生不逢時」，還是「上天想我反思職涯方向」，「正好讓自己放鬆下來」？簡單來說，疫境就是「半杯水」，我們將之看成「半空」或「半滿」，取決於我們的「選擇」。

說是「選擇」，但要改變想法談何容易？不是一句「你睇開啲啦」就能夠解決的，要學習「樂觀」，方法是留意自己在逆境下會不會誇大負面的狀況，造成認知扭曲（Cognitive Distortion）。

認知扭曲來自於三個P：Personalization、Pervasiveness和Permanence。無獨有偶，在這個時代下，不少藝人透過他們的創作，或鼓勵聽眾，或鼓勵他們自己，在艱難環境下如何自處，而我發現有一些作品正正教曉了我們怎樣從這3個P中解脫。就讓我們看看，我們可以怎樣從歌曲學懂逆境下的樂觀？

陳蕾〈世界與你無關〉

只懂去追　擔心一不小心會變了負累
身體變虛　不敢講出心聲卻滿肚苦水
無力讓你崩潰多次就快死去
這刻允許　請准你對自己講一句
世界與你無關
不必將千噸重擔
全部背負直行當然不簡單

事事不順心時，總是令人沮喪，然而這份失落的情緒，到底是為何而起？是不是我不夠努力？還是我能力太差？種種的懷疑，令我們將不好的事情，歸咎於自己「不夠好」。例如我們在籌辦一個活動時，團隊有人出錯，你會馬上去想，「我是不是能提前做甚麼來避免他出錯」？若果會，並因此而十分自責的話，那你就有第一個P——Personalization，即是容易將問題「歸咎個人因素」，縱使問題未必和你有關。

當自己做錯事時，能夠反省固然是好事。但若果不問因由，將一切不順心的事都歸因於自己，並因此而影響自尊，就需要作出調節了。

陳蕾這一首歌正點出了如何調節我們的Personalization：世界與你無關。每日的變化出現很多很多的問題，讓人即使疲於奔命也沒法完全解決，但這些問題是不是全部都要放在自己身上呢？Martin Seligman 發現，樂觀的人不會總是將不幸的事情歸因於自己，而是當問題出現時，能夠分辨到底是自身問題還是其他的情況。例如疫情下出現的種種負面影響，不一定是我們能力不足而未能解決。何必事事都將之連繫到自己身上？

「先將身心都休養好 再出發 再面對崩塌」，習慣了事事講求效率的香港人，總是有問題就想去解決。要好好處理事情，還是先處理好心情吧！

Dear Jane〈銀河修理員〉

除了會痛一切都美好
除了挫折面前仍有路
除了厭世總有某些 修補可以做

一件單一事件的發生，可以讓我們聯想到很多事情。

試想像，當你收到公開試成績表，發現中、英、數都考得不好，你會怎樣看自己？是「讀書不是我強項，可能其他才是」？還是「我就是一個蠢人，甚麼都做不好」？

另一個P，Pervasiveness，指的是我們會將發生在身上的壞事，看成是個別問題（Specific），還是整體問題（Global）？這也是決定我們正面或負面的關鍵。

就如上述的成績表問題，當我們收到一份「滿江紅」的成績表時，很容易會覺得自己是「沒有能力」，然後就覺得自己「做甚麼都做不好」。不過，成績又是否真的反映我們「能力」的全部？

成績表當然不能反映我們的所有能力，例如與人合作、溝通等等。懂得將問題「局部化」，除了能夠保護我們的自尊外，更能讓自己去針對問題，從而作出改善。

〈銀河修理員〉正正帶出了這種精神。樂觀之所以能夠看到希望，是懂得在絕望裡找到自己可以影響的地方。「這亂世未必可修理好」，歌者並沒有天真得認為亂世一定能夠被回復，正如〈世界與你無關〉般，承認自己沒法修復世界所有問題。不過「除了厭世總有某些 修補可以做」，不能解決所有問題，就將問題拆小，遂一去解決。

驟眼看上去，問題有如「銀河」上的星星那麼多，但我們不必全部去解決。我們最需要解決的問題，可能只是怎樣和身邊重要的人去相處。

聽朝散聚誰先飛 未及嘆氣
細緻收起 曾同行一起的美
懇請每天 好好地過安定還是冒險
好好掛牽 來日後見

最後一點P就是Permanence，即是當不如意的事情發生時，我們會覺得它是永恆，還是只是暫時性的？樂觀的人會將壞事情看得是暫時性的，所以當壞事發生時，他們會更快回復過來。就算情況變得再壞，他們也會相信，事情總有轉好的一天。悲觀的人往往將負面的事情看成是恆久的事件（例如與伴侶爭執幾次，便覺得自己「這輩子都不懂和另一半相處」）。相反，樂觀的人卻認為，負面的事情不是永久的，即使這一刻過得很壞，將來也許還有轉機。

Rubberband的〈Ciao〉，是意大利文「再見」的意思。「再見」，雖然我們用於離別之時，不過，之所以會說「再見」，不也是因為有種期待，希望將來可以再次相聚嗎？在眾多手足都離別這個地方的時候，我們也可以換個角度去想，這次的離別，也許不是永久的？再壞的時代，也總有它結束的一日吧？

或者在這個艱難的時代，我們的確無力改變現狀。學會在「絕望裡樂觀」，
或者就是我們這個世代最好的答案。

3.8 廣東歌中的「自我關懷」（丁滿@心理學渣）

香港人的情緒狀態

承上文，這個艱難的時代，確實讓香港人的生活變得更加煎熬。但不得不提的是，就算沒有近年社會大環境的轉變，香港本也是個讓人充滿壓力的地方。根據不同團體的調查報告，在香港，不論是成年人或年青人，壓力指數均比其他地方高，真是「你有壓力，我有壓力」。

舉例來説，雖然安穩的住所對人類而言是非常基本的需要，但面對土地短缺，樓價及租金高企的情況，香港打工仔需要在標榜「效益至上」的資本主義社會中努力工作，力爭上游，才有望成為「樓奴」。由於競爭非常激烈的精英教育主義，大中小學生都要面對沉重的學業壓力，包括龐大的功課量以及密集的測驗考試，務求要自己的成績優越過人。

C AllStar〈上車咒〉

未來三年 我想有個竇
要竇就要鬥 通宵加班屈喺公司屈到無氣抖

在香港，在考試為本的教育制度下，缺乏失敗及情緒管理的教育。我們只能從身邊的長輩學習如何面對「失敗」及「情緒」，這便是心理學所講的「社教化」。從小我們便生活在競爭之中，長輩總愛將我們與其他孩子作比較。看見其他孩子的成功，長輩會覺得我們不夠努力、能力不足或是不夠好，以致追不上其他人的進度。我們會覺得，事情的成敗總是與我們個人有關。

再者，我們自小從長輩身上學到「負面情緒是沒有用的東西」。例如：兒時學行不慎絆倒，感覺痛楚，打算痛哭時，長輩會叫我們「不要哭，站起來，繼續！」。

彷彿，情緒是可以輕易被控制，以及不值得去理會。

呂爵安、邱鋒澤〈一表人才〉

撐得極累 亦要撐住
一眶眼淚 仍然笑住

然而，人生在世，豈會每件事都盡如人意？錯誤、挫折、失敗等不如意事總會降臨在我們身上，不論甚麼年紀，都是無一倖免。不論平日溫習時多麼努力，仍可能會在某次測驗，甚至是公開試中失手，未能考取入讀大學最低要求的成績；不論在工作中多麼的小心仔細，仍可能面對公司倒閉，出現「被失業」的情況。

香港人的壓力指數本已相當高，再加上自小缺乏失敗及情緒教育，故此面對不如意事時，會出現以下情況：

1. 抑壓負面情緒：總希望自己可以一下子抑遏住內心浮現的情緒，馬上回復平常狀態。可惜，有時候愈抑遏情緒，身體反應可能反彈得更多，身體可能出現一些不明的毛病，例如：頭痛、手心腳底多汗、呼吸困難及心悸等等。

2. 責怪自己：

多番責難自己，反復問自己「為甚麼會出現岔子？是否自己不夠好、不夠努力或能力不足？」，令自己本來不太好的心情加添幾分自責，將自己打落深淵。

3. 與其他人作比較：香港人使用社交媒體偏向報喜不報憂。當人失意時，打開社交媒體，看見其他人發佈自己成功、洋洋得意的貼文時，容易出現比較，會覺得「好像其他人都活得很好，只有我一個這麼失敗」，加重自卑及孤獨的感覺。

林奕匡〈高山低谷〉

你快樂過生活　我拼命去生存

幾多人位於山之巔俯瞰我的疲倦

誠然，反思的習慣、力求完美的態度，會為我們帶來個人的進步。然而，值得注意的是，過份抑遏情緒及自我批判不但不能提升我們的效率，更會影響我們的精神健康，讓我們陷入更大痛苦之中。

樂壇新現況

以往的香港樂壇，情歌佔據重要位置。流行歌曲榜大部份都是情歌。

值得留意的是，近年有很多大熱作品是非情歌系列。舉例說：方皓玟〈你是你本身的傳奇〉(2015)及〈假使世界原來不像你預期〉(2017)、陳蕾〈相信一切是最好的安排〉(2019)、周國賢、ToNick〈時間的初衷〉(2020)，以及Dear Jane〈聖馬力諾之心〉(2021)。這類偏勵志或療癒的歌曲，在各大串流平台的點播率皆非常高，足證其受歡迎的程度。

正所謂百貨應百客，勵志及療癒系歌曲在音樂市場能佔一席位，因為這些歌曲能對準香港人內在的情感需要，關懷長期鞭策自己的香港人。歌手在接受訪問時分別提及，這些歌曲的目標是希望照顧香港人的內心，並給予正能量，陪伴大家面對逆境。

心理學上有個概念叫「自我關懷」（Self Compassion）[20]，教我們以同理心善待自己，幫助我們冷靜面對種種不如意事，讓我們避免踏入更大的情緒痛苦之中，反而對效率及表現有正面的影響。自我關懷的各大元素，其實可見於近年的廣東歌，下文會一一表述。

自我關懷

先談關懷。先想想身邊有朋友遇到困難及挫敗時，我們用同理心關懷對方的經驗。首先，我們知道對方受困，而且被對方的困境所觸動，希望伸出援手，以不同方式扶對方一把。例如，我們會理解及表達對方在困境中的感受，而非只一味批判對方的能力或態度，或是站在高地提出「一定得」的解決方法。我們亦明白，儘管對方的做法或為人並不完美，但對方依然是我們的朋友，因為每個人都有不完美的地方。

自我關懷與上述的描述並無分別，只是將對象由「對方」改為我們自己。說起來，似乎並不複雜，但往往有實際操作的困難，因為基於社會或文化因素，我們慣於嚴己寬人，擔心若然對自己稍為寬容，便會拖慢整個人生計劃，並落後於同齡的人，更甚的是害怕其他人會覺得自己驕傲或自滿。其實，自我關懷有助我們在經歷挫敗後更快回復本來的狀態，從經驗中學習及成長，提升自己的表現。

自我關懷包含以下三大元素

1. 接受自己的人生本質，並且與其他人無異

許廷鏗〈修羅場〉

試試笑問哪一位
敢說心理從沒創傷

每個人都會有缺點，總會在各個方面（例如家庭、朋友、親密關係、學業、工作、夢想等等）遇到困難、挑戰、失落、挫折等不如意事。正如〈修羅場〉所言，在座每位的心理都有過大大小小的創傷，差異在於傷口的癒合程度。自我關懷所談的是，我們需要承認及接受以上的事實。這會讓我們感覺沒那麼孤獨寂寞，亦沒那麼自卑。因為我們不再將不如意事妖魔化，而是正常化。就算我在挫折時，

覺得自己是失敗者，亦會記得還有千千萬萬個失敗者。現今的人氣王姜濤的其中一首歌曲〈孤獨病〉，就是讓大家知道他兒時面對種種難題，例如因身型問題受到同學的欺凌，加上在學校不受歡迎，造成其自卑的心態，為面對不如意事的人增添一份肯定及同行的力量。

姜濤〈孤獨病〉

普天下病人無數 我在這邊 陪你寂寞
當你再哭也沒結果 找不到那心理藥房
別遺忘還有我 同樣在那些陰影 跌下過

2. 認知及接納自己當下的感受

MIRROR〈Innerspace〉

呼一呼 吸一吸 匹夫之勇
慢慢步入 食道 之中

在香港生活，勞碌奔波，每一分每一秒都有很多事要忙，往往將自己的情緒放在較後的位置，很多人在面對不如意事時，不太清楚自己當下的身體及情緒有甚麼反應。

其實，我們可以從身體反應了解自己當下的感受[21]。舉個簡單的例子，當我們感到緊張時，我們的心跳會加速，而且加大力度，亦有很多人會肚瀉，因為副交感神經過度亢奮時，大腸的蠕動會加速；當我們長期感到壓力沉重，便會頭痛，經常出汗，而且失眠。我們可練習近年較流行的呼吸或靜觀方法法，從中仔細留意自己的身體有沒有哪部份較疼痛、腦海會經常浮現甚麼思想、內在的心情如何等等，以加強自我了解。

正如 MIRROR〈Innerspace〉鼓勵大家以好奇心，仔細地感受自己身體的每一部份，由食道跳進腸道，再從脊椎到雙膝，從身體的一呼一吸窺探我們的狀態。這些練習不一定花很長時間，每天五至十分鐘即可。如果不知從何開始，可以在 YouTube 找不同影片，陪伴大家進行呼吸或靜觀練習。當我們對自己的身體較熟悉時，便可以在下次遇到不如意事時，迅速地觀察到自己身體的變化。

衛蘭〈It's OK To Be Sad〉

不必裝作看開了
小小激憤不必 去治療
平和 等於 愛的感覺 死了
哀傷 好過 扮麻木算了

當我們認知到自己的負面情緒時，便不會抑遏或放大，反之誠實承認，並好好接納自己的情緒。就如衛蘭〈It's OK To Be Sad〉所說的，我們不必裝作若無其事。其實，這些情緒並不是妖魔鬼怪，是每個人都有的，而且每種情緒均有其獨特的意義。例如，「心累」提醒我們能量即將耗盡，宜先好好照顧自己，讓身心得以休息。「焦慮」是一種求生的本能，推動我們解決問題，亦讓我們更加謹慎，避免錯誤。由此可見，我們遇到不如意事時所出現的情緒反應，不但不會拖垮我們，反之可在某程度上提升我們日後的表現。重申：當我們遇到不如意事的時候，身體出現情緒反應，實屬正常。我們可以擁抱這些情緒，學習與情緒共存。

3. 當自己面對失敗時，對自己仁慈及理解

許廷鏗〈雪糕〉

不應怪自己 會有轉機

請擁抱自己 別要怕 對你不放不棄

請擁抱自己 請緊記 會有轉機

將感覺細緻梳理 到復原再有生氣

既然世上沒有完美的人和事，我們在失意時，除了要接納自己的情緒，亦要善待及擁抱自己，就如我們會在傷口貼膠布，而非灑鹽。又正如許廷鏗〈雪糕〉的歌詞所說，我們理解自己內心受傷或狀態不佳，故此不宜再怪責自己哪裡做得不夠好，宜以仁慈的心愛惜及照顧自己，以回應當下內在的狀態及需要。

至於照顧自己的具體方式，每個人都有合適自己的方法。最重要的是，自己會覺得舒服。

有人會如鄭欣宜的〈救命歌〉，選擇在自己的空間裡抱膝痛哭一場，才會有釋懷的感覺。有人會如陳蕾的〈當我迷失時聽著的歌〉，回到最有安全感的家裡，與家人共聚。有人會選擇和身邊可信任的伴侶或朋友分享。有人會選擇做運動，出一身汗。有人會如陳卓賢的〈留一天與你喘息〉及林家謙的〈聽風〉，到海邊躺一躺，欣賞日落西山或滿天星星的景色，感受風的形狀。亦有人選擇細味以上所列的勵志或療癒系歌曲。當我們充分照顧自己時，才會回復原來的狀態，更有能量及動力去面對每天生活裡所面對的難關及挑戰。

陳卓賢〈留一天與你喘息〉

平靜裡安躺　棲身一抹暖光
游入了思海　看日落天荒
悠悠一刻抬頭　星空萬象綻放

總結

在香港這個生活節奏非常急促的地方，我們經常會遇到大大小小不如意事。在這些艱難的時候，我們可從廣東歌參透自我關懷的概念。一，接受很多人和自己一樣，面對不盡相同的失意、失意及困難。二，失意時，我們的身體會有情緒反應，而這實屬正常。三，在困難時，我們更加要好好照顧及善待自己。最後，引用梁釗峰〈28天〉的歌詞，簡單整合以上關於自我關懷的概念。希望這篇文章對大家有療癒的作用。

梁釗峰〈28天〉

做人必需懂放下完美
同時也試試接納自己
學跌一跤總會賺些謙卑
嘗試放棄跟他作對比

後記 娛樂完了，然後呢？

《ERROR自肥企劃》最後一集，模仿《新世紀福音戰士》的畫面，向觀眾發問娛樂的意義到底是甚麼。

我們每一天放學、放工，帶著疲憊的身軀回家，根本不想再用腦。打開電視機，開啟串流平台，不求甚麼，但求那一刻能令自己放鬆心情，遠離生活的壓力，讓自己擁有那麼一刻可以開懷大笑，可以感動落淚。

這兩年，MIRROR無疑為我們帶來很多，讓本土娛樂圈「重光」也好，為自己生活帶來出口也好，作為娛樂，是足夠滿足的了。希望這本書讓你在享受這一切的同時，也能夠細味當中對我們在心理上的意義。就像主席Serrini所呼籲，「飲多啲書」。體驗娛樂的同時，你又有否得到一些啟發，讓自己不只是接收一個又一個的「碎片」，而是去思考這些碎片對自己、對社會，甚至對世界的意義是甚麼？

希望你能從我們的分享中，對每天享受的娛樂多一些體會和感受。MIRROR和本土娛樂在這刻享盡香港人的注目，先不論他們能走多遠，也許有天你的目光會放到另一個地方，不過我相信，這一刻娛樂帶給我們的意義，帶給我們心靈上的成長，是能夠永藏於我們心中。

在這裡想多謝有份支持這個創作的每一位、接受我訪問的鏡粉、肥豐、一起撰寫此書的丁滿、彭彭和夜曲、一直支持頻道創作的各位友好，還有陪伴我在一個又一個的週末，坐定定寫作的女朋友。有你們才有這一本拙作的誕生。

關於這本書也好，關於娛樂也好，關於心理學也好，有甚麼想分享的，歡迎到我們頻道上去交流：

1 鏡粉心理學

1. Bem, D. J. (1972). Self-perception theory. In Advances in experimental social psychology (Vol. 6, pp. 1-62). Academic Press.
2. Tajfel, H., Turner, J. C., Austin, W. G., & Worchel, S. (1979). An integrative theory of intergroup conflict. Organizational identity: A reader, 56(65), 9780203505984-16.
3. Derrick, J. L., Gabriel, S., & Tippin, B. (2008). Parasocial relationships and self□discrepancies: Faux relationships have benefits for low self□ esteem individuals. Personal relationships, 15(2), 261-280.
4. Horton, D., & Richard Wohl, R. (1956). Mass communication and para-social interaction: Observations on intimacy at a distance. psychiatry, 19(3), 215-229.
5. Berger, C. R., & Calabrese, R. J. (1975). Some explorations in initial interaction and beyond: Toward a developmental theory of interpersonal communication. Human Communication Research, 1, 99-112
6. Rubin, R. B., & McHugh, M. P. (1987). Development of parasocial interaction relationships.
7. Stever, G. S., & Lawson, K. (2013). Twitter as a way for celebrities to communicate with fans: Implications for the study of parasocial interaction. North American journal of psychology, 15(2).
8. McCutcheon, L. E., Lange, R., & Houran, J. (2002). Conceptualization and measurement of celebrity worship. British journal of psychology, 93(1), 67-87.
9. Derrick, J. L., Gabriel, S., & Tippin, B. (2008). Parasocial relationships and self□discrepancies: Faux relationships have benefits for low self□ esteem individuals. Personal relationships, 15(2), 261-280.
10. McLeod, S. (2007). Maslow's hierarchy of needs. Simply psychology, 1(1-18).
11. Cialdini, R. B. (2001). The science of persuasion. Scientific American, 284(2), 76-81.

2 電視心理學

1. Luft, J., & Ingham, H. (1961). The Johari Window: a graphic model of awareness in interpersonal relations. Human relations training news, 5(9), 6-7.

2. Newman, A., Donohue, R., & Eva, N. (2017). Psychological safety: A systematic review of the literature. Human resource management review, 27(3), 521-535.
3. Rosenberg, M. J., Rosenthal, R., & Rosnow, R. (1969). The conditions and consequences of evaluation apprehension.
4. Wilkins, P. (2000). Unconditional positive regard reconsidered. British Journal of Guidance & Counselling, 28(1), 23-36.
5. Rogers, T. B., Kuiper, N. A., & Kirker, W. S. (1977). Self-reference and the encoding of personal information. Journal of Personality and Social Psychology, 35(9), 677–688. doi:10.1037/0022-3514.35.9.677
6. Susan Young (2017), The Art of Connection: 8 Ways to Enrich Rapport & Kinship for Positive Impact (The Art of First Impressions for Positive Impact)
7. McGraw, A. P., & Warren, C. (2010). Benign violations: Making immoral behavior funny. Psychological science, 21(8), 1141-1149.
8. Dweck, C. S. (2006). Mindset: The new psychology of success. Random house.
9. Hamermesh, D. S., & Biddle, J. E. (1993). Beauty and the labor market.
10. Witeck, B. (2014). Cultural change in acceptance of LGBT people: lessons from social marketing. American Journal of Orthopsychiatry, 84(1), 19.
11. FitzGerald, C., Martin, A., Berner, D., & Hurst, S. (2019). Interventions designed to reduce implicit prejudices and implicit stereotypes in real world contexts: a systematic review. BMC psychology, 7(1), 1-12.
12. Zsila, Á., Pagliassotti, D., Urbán, R., Orosz, G., Király, O., & Demetrovics, Z. (2018). Loving the love of boys: Motives for consuming yaoi media. PloS one, 13(6), e0198895.
13. Rogers, T. B., Kuiper, N. A., & Kirker, W. S. (1977). Self-reference and the encoding of personal information. Journal of Personality and Social Psychology, 35(9), 677–688. doi:10.1037/0022-3514.35.9.677
14. Summerfelt, H., Lippman, L., & Hyman Jr, I. E. (2010). The effect of humor on memory: Constrained by the pun. The Journal of General Psychology, 137(4), 376-394.
15. Shteynberg, G., Bramlett, J., Fles, E.,& Cameron, J. (2016). The Broadcast of Shared Attention and Its Impact on Political Persuasion,

Journal of Personality and Social Psychology, 111 □5□, 665–673.
16. Collins, E., Jordan, C. & Coleman, H. (2007). An introduction to family social work (2nd. Ed.). Belmont, CA: Thomson Learning. Academic Resource.

3 廣東歌心理學

1. Hogg, M. A. (2012). Uncertainty-identity theory. In P. A. M. Van Lange, A. W. Kruglanski, & E. T. Higgins (Eds.), Handbook of theories of social psychology (Vol. 2, pp. 62–80). Thousand Oaks: Sage.
2. Vandello, J. A., Goldschmied, N. P., & Richards, D. A. (2007). The appeal of the underdog. Personality and Social Psychology Bulletin, 33(12), 1603-1616.
3. Hatfield, E., Cacioppo, J. T., & Rapson, R. L. (1993). Emotional contagion. Current directions in psychological science, 2(3), 96-100.
4. Chartrand, T. L., & Bargh, J. A. (1999). The chameleon effect: the perception–behavior link and social interaction. Journal of personality and social psychology, 76(6), 893.
5. Zimbardo, P. (2007). The Lucifer Effect: Understanding How Good People Turn Evil". The Journal of The American Medical Association. 298 (11): 1338–1340.
6. Anderson, M. (2018). A majority of teens have experienced some form of cyberbullying.
7. Zych, I., Baldry, A. C., Farrington, D. P., & Llorent, V. J. (2019). Are children involved in cyberbullying low on empathy? A systematic review and meta-analysis of research on empathy versus different cyberbullying roles. Aggression and violent behavior, 45, 83-97.
8. Erikson, E. H. (1994). Identity and the life cycle. WW Norton & company.
9. McLeod, S. A. (2007). The milgram experiment. Simply Psychology.
10. Hofling, C. K., Brotzman, E., Dalrymple, S., Graves, N. & Bierce, C. (1966). An experimental study of nurse-physician relations. Journal of Nervous and Mental Disease, 143, 171-180.
11. Page, S. E. (2006). Path dependence. Quarterly Journal of Political Science, 1(1), 87-115.
12. Ekman, P. (1999). Basic emotions. Handbook of cognition and emotion, 98(45-60), 16.

13. Macbeth, Abbe, and Jason Rogers. "Throwing Shade: The Science of Resting Bitch Face." Noldus Consulting. Noldus Consulting, n.d. Web. 1 May 2016.
14. Veenhoven, R. (2003). Hedonism and happiness. Journal of happiness studies, 4(4), 437-457.
15. Robinson, T. E., & Berridge, K. C. (2001). Incentive□sensitization and addiction. Addiction, 96(1), 103-114.
16. Post, S.G., 2003. Unlimited Love. Templeton Foundation Press, West Conshohocken, PA.
17. Frankl, V. E. (1985). Man's search for meaning. Simon and Schuster.
18. Maier, S. F., & Seligman, M. E. (1976). Learned helplessness: theory and evidence. Journal of experimental psychology: general, 105(1), 3.
19. Seligman, M. E. P. (1991). Learned optimism: How to change your mind and your life. New York: Knopf
20. Neff, K. D. (2003). The development and validation of a scale to measure self-compassion. Self and identity, 2(3), 223-250.
21. Hay, L. (1984). You Can Heal Your Life. (Ed.). Carlsbad, U.S.: Hay House Inc.

MIRROR 時代心理寫真

作　者：心理學渣

出　　版：真源有限公司

地　　址： 香港柴灣豐業街 12 號啟力工業中心 A 座 19 樓 9 室

電　　話： （八五二）三六二零 三一一六

發　　行：一代匯集

地　　址：香港九龍大角咀塘尾道 64 號龍駒企業大廈 10 字樓 B 及 D 室

電　　話： （八五二）二七八三 八一零二

印　　刷：美雅印刷製本有限公司

初　　版：二零二二年七月

如有破損或裝訂錯誤，請寄回本社更換。

PRINTED IN HONG KONG

ISBN：978-988-75527-8-9